Erich von Mendelssohn

Phantasten

Erich von Mendelssohn

Phantasten

ISBN/EAN: 9783337355951

Hergestellt in Europa, USA, Kanada, Australien, Japan

Cover: Foto ©Andreas Hilbeck / pixelio.de

Weitere Bücher finden Sie auf **www.hansebooks.com**

ERICH VON MENDELSSOHN
PHANTASTEN
ROMAN

BERLIN 1912
VERLEGT BEI OESTERHELD & CO.

GESCHRIEBEN IM SOMMER 1911

ALEXANDRA JEGOROWNA

zugeeignet

VOR neun Tagen hatte der Lloyddampfer »Prinzessin Irene« Sidney verlassen, und deshalb übte der Anblick des grenzenlosen Wassers keinen Reiz mehr auf die Passagiere aus. Am wenigsten an einem Tage wie heute, wo ein feiner Staubregen durch alle Kleider drang und einen frösteln machte. Für solche Tage hatte man ja in den Salons alle die Annehmlichkeiten, die ein moderner Luxusdampfer bietet.

Als Paul Seebeck auf das Deck hinaus trat, schlug er den Kragen seines langen, englischen Überziehers hoch und schaute sich um. Ein Augenblick genügte ihm, um festzustellen, daß er ganz allein war. Wohl hatte ihm der Kapitän ein für allemal die Erlaubnis gegeben, so oft es ihm gefiele zu ihm auf die Kommandobrücke zu kommen – denn Seebeck störte nie, am wenigsten durch unnötige Fragen, seine Anwesenheit verkürzte dagegen die lange Wacht – doch Paul Seebeck scheute sich, die anderen Passagiere auf seine bevorzugte Stellung aufmerksam zu machen, um dem

3

Kapitän keine Unannehmlichkeiten zu bereiten.

Jetzt stand der große, starke, doch etwas fette Mann neben dem kleinen Kapitän auf der Kommandobrücke.

»Schade, daß das Wetter heute so trübe ist«, sagte der Kapitän, »sonst könnten wir dort im Nordosten die Santa-Cruz-Inseln sehen.« Er rollte die Seekarte auf und wies mit dem zusammengeklappten Zirkel auf den Punkt, wo das Schiff sich im Augenblicke befand. »Aber ich glaube, daß es bald etwas aufhellen wird.«

Paul Seebeck nahm ein Fernglas, sah erst nach Nordosten und folgte dann weiter dem Horizonte.

Der Kapitän fuhr fort:

»Morgen kommen wir sozusagen aus den englischen Gewässern heraus und in deutsche hinein.«

Paul Seebeck ließ das Glas sinken:

»Deutsche Gewässer, Herr Kapitän?«

»Nun ja, die des Bismarckarchipels.«

Paul Seebeck hob wieder das Glas und schaute unverwandt nach Norden, dann reichte er es dem Kapitän und sah auf den Himmel:

»Sie haben natürlich wieder Recht, es wird wirklich heller. Aber gerade dort vor uns liegen dicke Wolken. Sehen Sie mal hin.«

Der Kapitän sah erst durch das Glas in der angegebenen Richtung, dann mit bloßen Augen und dann wieder durch das Glas. Schließlich sagte er kopfschüttelnd:

»Merkwürdig.«

»Befürchten Sie ein Gewitter, Herr Kapitän?« fragte Paul

4

Seebeck gleichmütig.

»Ich weiß gar nicht, was ich aus dem Ding machen soll. Nein, eine Gewitterwolke ist es nicht.«

Jetzt wandte sich der Matrose, der das Steuerrad bediente, grinzend herum und sagte breit:

»Herr Kapitän, die ist ja von einem Vulkane!«

Der Kapitän war so interessiert, daß er gar nicht daran dachte, den Matrosen zurechtzuweisen. Er rollte die Seekarte wieder auf, bestimmte die augenblickliche Lage des Schiffes ganz genau, prüfte den Kompaß und sagte dann:

»Unmöglich, dort liegt kein Land.«

Eine halbe Stunde verging, und alle schwiegen; der Kapitän und Paul Seebeck schauten aber abwechselnd durch das Fernglas auf die schwere, dunkelgraue Wolke. Endlich sagte Paul Seebeck:

»Das ist und bleibt ein Vulkan mit der berühmten, pinienartigen Rauchsäule, und wenn er nicht auf der Karte steht, ist es ein Fehler der Karte, und nicht des Vulkans.«

Der Kapitän schüttelte ungläubig den Kopf:

»Es kann nur eine sonderbar geformte Wolke sein; es ist ganz undenkbar, hier mitten auf einer so befahrenen Route eine neue Insel zu entdecken.«

»Aber wenn es eine neu entstandene wäre, Herr Kapitän?« warf Paul Seebeck ein. »Denken Sie doch an die große Flutwelle vor zwei Monaten, die die ganze nördliche und östliche Küste Australiens überschwemmt hat.«

»Donnerwetter!« rief der Kapitän. »Das wäre ja –«

Er wollte das Glas heben, aber jetzt kam von der Seite her

ein feiner, durchdringender Staubregen, der in wenigen Augenblicken die Aussicht verschleierte. Die Herren hüllten sich fester in ihre Mäntel.

Der Regen wurde stärker und stärker, und außerdem brach schnell die Nacht herein.

»Kommen Sie in meine Kabine«, sagte endlich der Kapitän. »Ich möchte die Sache gern mit dem Ersten Offizier besprechen, und außerdem wird uns jetzt ein warmer Punsch ganz gesund sein.«

»Danke, gern.«

Wie der Kapitän dem Ersten Offizier die Möglichkeit andeutete, in der Nähe einer neu entstandenen Insel zu sein, eilte dieser sofort auf die Kommandobrücke, um selbst Umschau zu halten, kehrte aber bald enttäuscht zurück, da er des Dunkels und des Regens wegen nichts hatte wahrnehmen können.

Als die drei Herren in der Kajüte bei einem Glase Punsch zusammensaßen und der Kapitän mit dem Ersten Offizier alle Eventualitäten und die vorzunehmenden Maßnahmen besprach, zog sich Paul Seebeck in eine Ecke zurück und schwieg, wobei er doch aufmerksam dem Gespräch lauschte, das immer mehr an Fluß verlor und zuletzt ganz aufhörte. Schließlich saßen die Drei schweigend da, und jeder hing seinen Gedanken nach.

Endlich sah der Kapitän nach der Uhr:

»Meine Herren, jetzt sind wir schon drei Stunden hier unten. Wie wäre es, wenn wir wieder hinaufgingen und nach unserer Wolkeninsel sähen?«

Paul Seebeck lachte laut auf:

»Bravo, Herr Kapitän. Vielleicht hat sie sich schon längst

aufgelöst, während wir sie hier in aller Ruhe erobern.«

Als sie auf Deck hinaustraten, sahen sie, daß Nebel und Regen völlig verschwunden waren, und daß klar der Mond schien. Passagiere gingen plaudernd und rauchend auf und ab, oder saßen, in Plaids gehüllt, auf Feldstühlen. Paul Seebeck hatte aber seine gewohnte Zurückhaltung völlig aufgegeben und folgte zusammen mit dem Ersten Offizier dem Kapitän auf die Kommandobrücke.

Jetzt war kein Zweifel mehr möglich: vor ihnen lag, steil dem Meere entsteigend, ein Vulkan, über dessen kegelförmiger Spitze – aber ohne diese zu berühren – eine ungeheure, blauschwarze Wolke schwebte. Durch das Fernglas sah man in einigen Rissen am Krater die Lava glühend herabsinken.

Als Erster brach Paul Seebeck das Schweigen:

»Wie weit, Herr Kapitän –?« fragte er. Der Kapitän drehte sich schnell herum und betrachtete Paul Seebeck ganz fremd, als ob er seine Gedanken erst sammeln müßte. Dann schaute er wieder auf den Vulkan und sagte:

»Sechzig Seemeilen schätze ich.«

»Dann sind wir also in vier Stunden dort?«

»Ja, wenn die Lotungen uns nicht zu lange aufhalten.«

»Ach, Sie glauben, daß sich der ganze Meeresboden gehoben hat?«

»Ich muß wenigstens mit der Möglichkeit rechnen.«

Der Erste Offizier hatte inzwischen unausgesetzt den Vulkan durch das Nachtglas angesehen. Jetzt sagte er:

»Herr Kapitän, der Vulkan liegt auf einem ziemlich breiten Hochlande. Wir scheinen eine Insel von ganz achtbarer

Größe da vor uns zu haben.«

Paul Seebeck senkte den Kopf und sah vor sich hin. Dann ging gleichsam ein Ruck durch ihn; er strammte sich auf, sah dem Kapitän fest in die Augen und sagte langsam:

»Herr Kapitän, jetzt ist es zehn Uhr; Sie sagten selbst, daß wir vor vier Stunden nicht dort sein können, also nicht vor zwei Uhr nachts. Um Zwölf wird aber alles elektrische Licht ausgelöscht, so daß dann kein Passagier mehr auf sein kann. Sie, der Herr Erste Offizier und ich sind die Einzigen, die wissen, daß wir dort eine neu entstandene Insel vor uns haben. Die anderen haben nichts gesehen, oder wenn sie die Insel gesehen haben, ist sie ihnen nicht weiter aufgefallen. Wollen Sie mich um zwei Uhr an Land setzen und Schweigen bewahren?«

Der Kapitän sah ihn überrascht an: »Herr Seebeck – überlegen Sie sich's – eine neuentstandene, vulkanische Insel! Heißer Boden! Ich habe doch die Verantwortung, auch für Sie. Und dann – in das Schiffsbuch muß ich die Sache doch eintragen.«

Paul Seebeck preßte die Lippen zusammen: »Gewiß, gewiß –«

Nach kurzem Schweigen fuhr er auf. »Herr Kapitän, ich habe nichts Unrechtes vor. Ich will die Insel für das Deutsche Reich in Besitz nehmen. Machen Sie Ihre Eintragungen in das Schiffsbuch, es wird sie ja niemand anders als die Rhederei sehen. Wollen Sie Beide mir aber versprechen, das heißt, können Sie mir versprechen, absolutes Schweigen zu bewahren, Sie und die Herren in Bremen, die das Schiffsbuch eventuell lesen? Absolutes Schweigen nur drei Tage lang zu bewahren? Wenn im Laufe dieser drei Tage nicht telegraphisch eine Bitte vom Reichskolonialamt eingelaufen ist, länger zu schweigen, sind

Sie völlig frei.«

Der Kapitän sah Paul Seebeck an.

»Einem andern würde ich ein solches Versprechen nicht geben, das mir meine Stellung kosten kann. Ihnen gebe ich es.«

»Ich danke Ihnen, Herr Kapitän, Sie werden es nicht zu bereuen haben.«

»Auch ich gebe Ihnen das Versprechen«, fügte der Erste Offizier hinzu.

Paul Seebeck senkte dankend den Kopf.

Nach einer Weile wandte sich der Kapitän wieder Paul Seebeck zu:

»Verstehe ich Sie recht, wollen Sie sofort von Bremen nach Berlin fahren?«

Paul Seebeck schaute auf:

»Nein, ich bleibe dort und gebe Ihnen einen Brief an einen Freund mit, der alles für mich ordnen wird.«

Der Kapitän schüttelte den Kopf:

»Ich kann Sie nicht an Land setzen lassen, Herr Seebeck. Die Verantwortung übernehme ich nicht.«

»Ich werde in meinem eigenen Motorboot hinüberfahren.«

»Ich werde Sie leider daran verhindern müssen.«

»Herr Kapitän! Glauben Sie das verantworten zu können?«

Der Kapitän stutzte einen Augenblick. Dann schlug er Seebeck lachend auf die Schulter und sagte:

»Ich kann Sie ja nicht mit Gewalt festhalten, dazu wissen Sie zu genau, was Sie wollen. Aber erklären Sie mir doch, wie Sie sich alles denken.«

Wieder sah Paul Seebeck dem Kapitän fest ins Gesicht und sagte ganz langsam:

»Ich habe mein Motorboot, mein Zelt und Konserven für zwei Monate. Ich werde Sie bitten, mir drei gewöhnliche Feuerwerksraketen zu geben. Sie haben sie ja an Bord zur Unterhaltung Ihres Publikums. Wir machen das Motorboot mit allem Inhalt klar, so daß wir es in einigen Minuten ins Wasser setzen können. Wir kommen ja dicht an der Insel vorbei. Sobald wir vom Schiffe aus einen Landungsplatz sehen, setzen Sie mich ins Wasser. Sie sind dann so liebenswürdig, mit halber Kraft weiterzufahren. Komme ich glücklich ans Land, lasse ich alle drei Raketen aufsteigen, und Sie dampfen ruhig weiter. Ich verspreche Ihnen, es erst dann zu tun, wenn ich heil und gesund am Lande bin. Lasse ich nur zwei Raketen steigen, bedeutet das, daß ich nicht landen kann und Sie auf mich warten müssen. Eine Rakete allein heißt, daß ich in Gefahr bin, und Sie mir ein Boot zu Hilfe schicken müssen. Einverstanden?«

»Ja, unter der Bedingung, daß Sie sich vom Schiff noch so viele Konserven mitnehmen, daß Sie für ein halbes Jahr versorgt sind. Nach drei Monaten bin ich zwar wieder hier –«

»Und mein Freund, Jakob Silberland, ist dann mit Ihnen.«

»Der Herr, der zum Kolonialamt gehen soll?«

»Derselbe. Ich danke Ihnen, Herr Kapitän.«

»Sie haben mir nichts zu danken. Ich bitte Sie nur, in meine Kabine zu gehen und sich alles noch einmal in Ruhe zu überlegen. Dort können Sie auch Ihren Brief schreiben. Lassen Sie sich auch Ihr Abendessen dorthin bringen, damit

Sie ganz ungestört sind. In einer Stunde komme ich zu Ihnen hinunter, und wir können dann alles bis ins Kleinste besprechen.«

Paul Seebeck verließ mit einer leichten Verbeugung die Kommandobrücke.

– – – Drei Stunden nach Mitternacht lag der Dampfer eine Seemeile vor dem steil abfallenden, zerrissenen Ufer entfernt, das vom Mondlichte schwarz und groß auf das Wasser gezeichnet wurde.

Leise Kommandorufe ertönen – ein Krahn dreht sich, und unter Kettengerassel sinkt ein Motorboot auf die kaum gekräuselte Wasserfläche. Halblaute Abschiedsrufe, ein Winken und Grüßen, der Motor wird eingestellt, und das Boot saust davon. Langsam und schwer brodelt es unter der Schraube des Dampfers, und jetzt setzt sich der Koloß in Bewegung.

Der Kapitän steht auf der Kommandobrücke und verfolgt mit dem Nachtglase das Motorboot. Jetzt verschwindet es hinter einer Klippe, taucht dann tief in den Mondschatten, biegt um einen Felsen und ist fort. Eine Viertelstunde später steigen drei Raketen fast gleichzeitig in die Luft. Aufatmend stellt der Kapitän den Telegraphen auf »Volldampf«.

ALS Dr. phil. et jur. Jakob Silberland unter dem Schutze seines übermäßig großen Schirmes dem Café Stephanie zueilte, gab es nicht Wenige, die trotz des strömenden Regens stehen blieben und ihm wohlwollend lächelnd nachblickten. Das war auch nicht wunderlich, denn Jakob Silberland bildete eine sonderbare Figur. Auf kurzen Beinchen saß ein dicker Leib mit viel zu langen Armen, und im Gesichte bildeten die heiteren, offenen Augen einen seltsamen Gegensatz zu der scharfgekrümmten Nase und der hohen, ausdrucksvollen Stirn, über die das blauschwarze Haar in einigen glänzenden, langen Strähnen fiel.

Sobald Jakob Silberland das Café betreten hatte, holte er sich vom Ständer sechs oder acht Zeitungen und legte sie auf einen Tisch am Fenster. Dann erst hängte er Schirm und Hut an einen Haken, wobei er doch ständig seine Zeitungen im Auge behielt. Als er seinen Mantel auszog, wobei ein abgetragener und etwas fleckiger Gehrock sichtbar wurde, eilte der Kellner hilfsbereit herbei und sagte:

»Guten Tag, Herr Doktor. Heute früh war der Briefträger mit einem eingeschriebenen Brief für den Herrn Doktor da. Ich sagte ihm, er solle am Nachmittage wiederkommen, dann wäre der Herr Doktor bestimmt hier.«

Dr. Silberland sagte nur: »Danke« und eilte auf seinen kurzen Beinchen zu seinen Zeitungen, in denen eben ein anderer Gast zu blättern begann. Als er sich richtig zurechtgesetzt und seine Zeitungen sortiert hatte, bestellte er einen Kaffee und begann, die Brust an den Tischrand gedrückt, eifrig zu lesen. Gerade als er die Kreuzzeitung mit gerunzelter Stirn fortlegte und aufatmend nach dem »Vorwärts« griff, erschien, vom Kellner geführt, der Briefträger an seinem Tische und übergab ihm einen eingeschriebenen Brief. Silberland erkannte sofort die Handschrift seines Freundes Paul Seebeck, schob mit einer energischen Armbewegung die Zeitungen zur Seite, quittierte, gab dem Briefträger zwanzig Pfennige und öffnete den Brief. Hierbei fiel ein zusammengefaltetes Checkformular heraus, das Silberland sofort in seine Brieftasche steckte. Der Brief lautete:

»An Bord des Lloyddampfers »Prinzessin Irene«.

Lieber Jakob!

Von dem wenig befriedigenden Ausfall meiner australischen Expedition wirst du durch die Zeitungen erfahren haben. Übrigens war der Verlauf viel kläglicher, als die Zeitungsberichte erkennen ließen.

Ich freue mich aber jetzt, daß ich so mißgestimmt und so unzufrieden mit mir selbst die Rückreise antrat, denn dadurch hatte ich gerade die richtige Disposition zu neuen Dingen, die ernsthafter sind.

Paß mal auf: wir haben eine neuentstandene, vulkanische Insel entdeckt, und zwar bin ich der erste, der sie sah. Ich bin dort geblieben und habe sie für das Deutsche Reich in Besitz genommen. Die Sache ist Geheimnis, nur der Kapitän und der Erste Offizier von der »Prinzessin Irene« wissen davon, und die schweigen.

Wo die Insel liegt, usw., kannst du von diesen beiden Herren erfahren.

Bitte geh sofort nach Berlin, zum Reichskolonialamt, und laß mir eine unbeschränkte Vollmacht als Reichskommissar ausstellen, so daß ich bis auf weiteres mit der Insel machen kann, was ich will. Die Leute sollen aber schweigen, bis erst feststeht, ob die Insel bewohnbar ist oder nicht. Sonst ist die Blamage nachher zu groß. Du gibst natürlich sofort deine alberne Stellung bei den »Neuesten« auf und kommst mit der »Prinzessin Irene« hierher. Ein Scheck auf zehntausend Mark liegt bei: bezahl alle deine Schulden, daß du vollständig unabhängig bist. Mach sonst aber nicht zu viele Ausgaben, denn ich werde hier mein Geld wohl sehr nötig brauchen. Eine Tropenausrüstung mußt du aber haben.

Du verstehst, was ich will: ich denke an unsere Gespräche über den absolut korrekten Staat, der durch keinerlei Traditionen und Rücksichten gehemmt ist. Wir haben ja oft darüber debattiert, wie ein solcher moderner Staat auszugestalten sei – hier können wir ihn gründen, wenn auch nur in einem kleinen Maßstabe.

Alle Einzelheiten überlasse ich dir, nur besorge mir die Vollmacht und komm her. Setz dich aber auch mit dem Kapitän in Verbindung. Der Mann ist praktisch und wird dich über Einzelheiten informieren.

Entschuldige die Kürze. Ich kann dir aber in dieser Eile nicht alle meine Gedanken auseinandersetzen; es ist wohl auch unnötig, eigentlich ergibt sich ja alles von selbst.

Überlege dir aber jeden Schritt, den du tust.

Gruß

dein Paul S.«

Als Jakob Silberland diesen Brief zu Ende gelesen hatte, fuhr er sich mehrmals mit der Hand durch das lange, schwarze Haar. Dann rührte er bedächtig seinen Kaffee um, der längst kalt geworden war. Gerade, wie er ihn trinken wollte, kam der Kellner und sagte:

»Herr Doktor, die Redaktion fragt am Telephon, ob Sie noch hier wären.«

»Sagen Sie, ich wäre gegangen«, gab Silberland zur Antwort, »und bringen Sie mir eine Zigarre.«

»Wie gewöhnlich eine zu Zehn?«

»Ja – nein, eine zu Fünfzig!« sagte Jakob Silberland würdevoll. »Und besorgen Sie mir ein Auto.«

»Sehr wohl, Herr Doktor«, sagte der Kellner mit der solchen ungewohnten Aufwendungen zukommenden Ehrerbietung.

Jakob Silberland aber fuhr, die feine Zigarre in der Hand, im Auto zur Dresdener Bank, wo er den Scheck einlöste, und unternahm dann eine längere Rundfahrt durch die Stadt, um alle seine kleinen und größeren Schulden zu bezahlen, die zusammen kaum zweitausend Mark betrugen. Zuletzt begab er sich auf seine Redaktion, wo er gegen Stellung eines Vertreters leicht entlassen wurde, da er kein angenehmer Kollege gewesen war.

Mit dem Abendschnellzuge fuhr er nach Berlin.

DREI Monate später saßen Paul Seebeck und Jakob Silberland in ihren blendend weißen Flanellanzügen auf einem Steinblock am Strande, rauchten ihre kurzen, englischen Pfeifen und sahen der langsam verschwindenden »Prinzessin Irene« nach. Endlich sagte Jakob Silberland:

»Etwas Urweltliches liegt über der ganzen Insel: der Vulkan, die nackten Felsen, der Mangel jeglichen tierischen Lautes – es kommt mir fast vor, als ob ich um viele Millionen von Jahren in der Zeit zurückversetzt sei. Es würde mich gar nicht wundern, wenn plötzlich ein Ichthyosaurus oder sonst irgend ein Ungeheuer aus dem Wasser auftauchte.«

Paul Seebeck hatte nachdenklich seine Pfeife ausklopfend ihm zugehört. Jetzt hob er den Kopf und sagte lächelnd:

»Die Ungeheuer wirst du schon noch zu sehen bekommen. Nur etwas Geduld.«

Jakob Silberland lachte:

»Hast du hier eine Ichthyosauren-Farm angelegt? Das Geschäft dürfte doch kaum lohnend sein. Sobald die Zoologischen Gärten versorgt sind, würde der Weltbedarf gedeckt sein, und was dann?«

Es zuckte um Seebecks Mundwinkel, als ob er mit Mühe ein Lächeln unterdrückte.

»Aber wovon wollen wir hier sonst leben, wenn nicht von Ichthyosauren? Es gibt ja keinen Grashalm auf der ganzen Insel, keinen Vogel, keinen Floh, nichts. Soweit ich als gebildeter geologischer Laie urteilen kann, ist auch das Vorkommen von wertvollen Mineralien zum mindesten höchst unwahrscheinlich. Da bleiben doch nur die Ichthyosauren übrig. Außerdem finde ich den Gedanken sehr ansprechend, daß der modernste aller Staaten von urweltlichen Tieren lebt. Damit schließt sich zurückgreifend der Ring und löscht die Zeit aus. Anfang und Ende berühren sich.«

Jakob Silberland sprang auf:

»Ist das dein Ernst?«

Seebeck blieb sitzen und sagte gemütlich:

»Du sollst etwas Geduld haben. Ich werde dir meine Saurierfarm schon zeigen. Die größte Ichthyomuttersau habe ich übrigens voll Dankbarkeit gegen das gütige Schicksal »Prinzessin Irene« getauft.«

Damit stand er auf und ging zu seinem Zelt, das einige Schritte rückwärts im Schutze einer schrägen Felswand stand. Er kam mit einigen Papierrollen zurück.

»Sieh mal her«, sagte er, indem er die Blätter entfaltete und jedes an den vier Ecken mit Steinchen beschwerte, »hier habe ich, so gut ich es allein machen konnte, die Insel aufgenommen. Die Küste und diese Bucht habe ich recht genau, im Inneren bin ich flüchtiger gewesen und außerdem habe ich größere Strecken der heißen Lava wegen nicht betreten können. Hier hast du die ganze Insel mit den Schären eins zu dreihunderttausend«, fuhr er fort, wobei er

16

sich über das betreffende Blatt beugte, »der Flächeninhalt beträgt ungefähr zwölfhundert Quadratkilometer, wovon der Vulkan allein fast vierzig bedeckt. Hier ist unsere Bucht eins zu zehntausend. Sie ist mit der Nebenbucht dort rechts von uns überhaupt die einzige Bucht der ganzen Insel. Ich habe sie bei Tiefebbe aufgenommen. Die rote Küstenlinie und die rot gezeichneten Schären beziehen sich auf Tiefebbe, die entsprechenden blauen Linien auf Hochflut. Du siehst, daß unzählige Schären und Klippen nur bei Tiefebbe über die Wasserfläche emporragen. Bei Tiefebbe ist überhaupt nur eine einzige, schmale und dabei stark gewundene Rinne selbst für mein kleines, flaches Motorboot passierbar. Ich kam glücklicherweise bei Hochflut, sonst wäre ich überhaupt nie lebendig hier ans Land gekommen.« Mit der Hand aufs Meer weisend, sagte er: »Die äußerste Felsenspitze dort links ist etwa siebenhundert Meter hoch und fünf Kilometer von uns entfernt, die dort rechts dreihundert Meter hoch und vier Kilometer entfernt. Die Entfernung zwischen beiden beträgt drei Kilometer. Diese Bucht stellt den einzigen Hafen, überhaupt die einzige Landungsmöglichkeit dar. Zwischen der Spitze rechts und dem Kap, das ein wenig darüber hervorragt, liegt eine zweite, breite, aber sehr flache Bucht mit unzähligen Felsen und Klippen. Dahin kann man zu Wasser, aus Gründen, die dir später klar werden, nicht kommen, und vom Lande aus nur mit Hilfe eines Seiles. Sogar ich als Bergsteiger habe dort nur schwer hinunterklettern können. Diese zweite Bucht habe ich Irenenbucht getauft, der einzige Name, den ich bisher hier einer Örtlichkeit gegeben habe.« Lächelnd setzte er hinzu: »Dort liegt also meine Ichthyosaurenfarm.«

Bevor der überraschte Silberland sich zu einem Worte sammeln konnte, fuhr Paul Seebeck fort:

»Denk dir unsern Standort hier als Mittelpunkt eines Kreises mit dem Radius von fünf Kilometern, also der

Entfernung des Kap dort links. Dann bezeichnet der Kreisbogen ziemlich genau die Grenze eines submarinen Plateaus, auf dem alle diese Schären liegen. Wie tief der Meeresboden außerhalb dieses Plateaus ist, weiß ich nicht; mein Lot ist hundert Meter lang und mit ihm habe ich draußen nirgendwo Grund gefunden. Sehr tief kann er aber doch nicht sein, denn auch da draußen liegen ja, wie du siehst, einige vereinzelte Klippen. Das Plateau bricht aber steil ab; ich vermute, der Schären da draußen wegen und auch aus anderen Gründen, aber ein zweites, allerdings viel tiefer liegendes, submarines Plateau. Der größte Teil der Insel ist eine im großen Ganzen wagerechte Hochebene, vier- bis siebenhundert Meter über dem Meeresspiegel, die überall fast senkrecht abbricht. Dann – ja, der große Vulkan – neunzehnhundert Meter hoch, diese Mulde, mit ihren sechs Quadratkilometern Fläche, die stufenweise, amphitheatralisch, wenn du willst, bis zur Plateauhöhe emporsteigt – damit ist wohl die Topographie der Insel erschöpft. Ich habe sonst nicht viel Bemerkenswertes auf meinen Streifzügen entdeckt, höchstens wäre ein seltsames Durcheinander von Schluchten erwähnenswert, das am Fußpunkte des Vulkanes liegt und mich da am Weiterkommen hinderte.«

»Und wie denkst du dir die Entstehung der Insel?« fragte Jakob Silberland.

»Ich bin kein Geologe. Daß die Insel erst jetzt entstanden ist, glaube ich nicht. Sie wird schon einmal dagewesen sein, und zwar viel größer als jetzt, ist dann unter die Oberfläche des Meeres gesunken und hat sich jetzt wieder darüber gehoben, doch nicht bis zu ihrer ursprünglichen Höhe. Und zwar glaube ich nicht, daß sie sehr lange unten gewesen ist, einige hundert Jahre höchstens.«

»Woher kannst du das wissen?«

»Die Steine sehen mir nicht aus, als ob sie lange Meeresboden gebildet hätten.«

Damit stand Paul Seebeck auf, rollte seine Kartenskizzen zusammen und brachte sie in sein Zelt. Als er zurückkam, sagte er, vor Jakob Silberland stehen bleibend:

»Ist das nicht ein ganz idealer Grund für eine Stadt? Alle Straßenzüge, sogar die Plätze der einzelnen Häuser sind von der Natur vorausbestimmt. Ich kann mir die ganze Stadt so lebendig vorstellen, wie sie sich den Felsen anschmiegt, wie sie in ihrer Struktur den Stufen folgt. Aber wir müssen einen Architekten haben, der einen ganz neuen Stil schaffen kann. Einen großzügigen Künstler wie Edgar Allan. Dort oben –« und er wies mit der Hand auf einen vorspringenden Felsen – »soll mein Haus stehen. Von dort aus kann ich alles übersehen.«

»Du fühlst dich schon jetzt als König?«

»König? Nein, nein!« wehrte Paul Seebeck erschrocken ab. Er sah still vor sich hin. Dann sagte er, lächelnd wieder aufblickend:

»Komm jetzt. Wir wollen etwas zu Abend essen. Dann werde ich dir meine Ichthyosaurenfarm zeigen.«

Da es fast Windstille war, beschlossen sie, vor dem Zelte ihre Mahlzeit einzunehmen. Als Jakob Silberland sah, daß Paul Seebeck seinen Destillationsapparat aufstellte, und Wasser vom Meere holte, fragte er besorgt:

»Gibt es denn gar kein Trinkwasser auf der Insel?«

»Doch, es gibt einen Bach hier in der Nähe, der wohl zur Versorgung einer kleinen Stadt ausreichen dürfte, und weiter oben einen großen Fluß. Es wird aber nicht leicht sein, ihn einzufangen und hier herunter zu leiten, denn er fällt mehrere Kilometer von hier in einem schönen Wasserfalle direkt vom Hochplateau aus ins Meer.«

Als sie gegessen hatten – der Kapitän hatte Jakob Silberland einen Korb mit frischem Fleisch und Gemüse aus den Vorräten des Schiffes mitgegeben, so daß Paul Seebeck nach den vielen Wochen mit Konservennahrung endlich einmal etwas anderes bekommen hatte – rief Jakob Silberland:

»Aber jetzt will ich nicht länger warten; jetzt mußt du mir deine Ichthyosauren vorführen. Ich bin wirklich sehr gespannt, zu erfahren, wovon wir hier leben sollen, besonders, was wir von hier exportieren können.«

»Schön«, sagte Seebeck. »Komm!«

Sie stiegen langsam in der mit Geröll bedeckten Mulde bergauf, und Paul Seebeck erklärte dabei seinem Freunde, wie er sich die Anlage der Stadt dachte. Der sonst so redselige Jakob Silberland sprach auch jetzt nur wenig; zu sehr beschäftigten seinen Geist die Perspektiven auf die Zukunft, die ihm ja tausend Träume zu verwirklichen versprach.

Als sie die Plateauhöhe erreicht hatten, blieb Seebeck stehen und sagte:

»Wenn man nicht ein anständiger Mensch wäre, könnte man bei dem Gedanken ganz sentimental werden, daß dieses reine, unberührte Land, das keine Geschichte und keine Vorzeit hat, eine Gemeinschaft von Menschen auf sich wachsen und blühen sehen wird, die auch jungfräulich frei, ohne Verbindung mit der übrigen Menschheit, ohne morsche Traditionen und ohne überlieferten Zwang, irrende Sterne im großen Raume sind und die hier sich nur auf Grund ihres reinen Menschentums zusammenfinden und hier zusammenarbeiten werden. In der Traditionslosigkeit unseres zukünftigen Staates sehe ich seine Bedeutung. Daß ich einigen Hundert oder Tausend Menschen, die sonst in keinen Rahmen passen, hier freie Entwicklungsmöglichkeiten und Glück zu geben vermag, genügt mir nicht. Vom ersten Augenblick an war mir dieser Staat ein Begriff, ein Kunstwerk, eine formale Befreiung. Ebenso, wie der Künstler durch seine reine Darstellung befreit, durch die einseitige, aber dadurch abschließende Form Klarheit im Chaos schafft, soll für die übrigen Menschen der Gedanke an unsere reine Insel eine geistige Erlösung sein.«

»Du siehst nicht weit genug«, sagte Jakob Silberland, wobei er sich mit der Hand durch sein blauschwarzes, strähniges Haar fuhr und erregt mit seinen kurzen Beinchen trippelte. »Du sprichst als Künstler. Ich bin Praktiker und als solcher sehe ich noch eine Gewißheit: die Institutionen, die hier entstehen, die wir hier schaffen werden, werden beachtet, nachgeahmt werden, und unser Staat wird das Seinige dazu beitragen, daß sich die Menschheit aus den Ketten löst, in die Gewalttätigkeit, Dummheit und Herrschsucht sie gelegt haben. Sie wird durch uns lernen, frei zu sein, frei in der geschlossenen Gemeinschaft zu werden. Man muß ihr nur einmal zeigen, daß es möglich ist.«

Paul Seebeck sah mit seinen großen Augen dem Freunde gerade ins Gesicht:

»Ich hoffe, daß es so wird, wie du sagst. Es ist ja auch sehr wahrscheinlich. Umsomehr, als wir ja kaum einen bestimmten Ausschnitt aus der Menschheit darstellen werden, nicht einen besonderen Typus, sondern gerade einen Extrakt aus der ganzen Menschheit. Stelle dir doch nur vor, was für Menschen zu uns kommen werden«, fuhr er lebhaft fort, wobei er sich in der Richtung auf die Irenenbucht zum Gehen wandte, »jedenfalls keine Durchschnittsmenschen, die irgendwo warm und zufrieden

21

in ihren Nestern sitzen, sondern die Unzufriedenen, Bedrückten, Heimatlosen, alle die von einander entferntesten Extreme, die nur das eine verbindet: der Ekel vor der Verlogenheit der Gesellschaft, die Sehnsucht nach dem freien, dem wirklichen Menschen, dem Menschen, der jeder einzelne sein könnte, wenn ihn nicht die Ketten der Tradition zum Herdentiere erniedrigten. Hierher werden sie kommen und nichts mitbringen, als ihr innerstes, freies Menschentum, und ihre Gemeinschaft wird die Erlösung des Menschen, des Ebenbildes Gottes sein.«

Jetzt standen sie vor dem steilen Abfalle zur Irenenbucht. Paul Seebeck blickte noch eine Weile schweigend und mit glänzenden Augen auf das Meer. Dann sagte er lächelnd zu seinem Freunde, wobei er auf die Bucht unter ihnen mit ihrem Gewirr von Klippen und Sandbänken wies:

»Also dort unten hausen und grausen meine Ichthyosauren.«

Für Jakob Silberland kam dieser Sprung von Paul Seebecks feierlichen Worten zum leichten Scherze so überraschend, und außerdem wußte er gar nicht, was er aus Paul Seebecks Ichthyosauren machen sollte, daß er schweigend seinem Freunde mit Hilfe von Strickleitern, Eisenklammern und natürlichen Felszacken in die Tiefe folgte. Da beide geübte Bergsteiger waren, ging der Abstieg schnell von statten.

Als sie unten auf einer breiten Felsplatte angekommen waren und auf das Wasser sahen, das hier schlammig und voll von grünen Algen war, sagte Paul Seebeck:

»Setz dich jetzt hier in den Schatten und verhalte dich ganz ruhig.«

Jakob Silberland tat, wie ihm geheißen. Er sah, daß Paul Seebecks umherschweifender Blick immer wieder zu einer tiefen dunklen Spalte in der Felsenwand zurückkehrte. Er schaute scharf hin und glaubte, einen schweren Körper herausgleiten zu sehen, der kein Fisch sein konnte. Ängstlich sah er Paul Seebeck an, aber dieser lächelte nur.

Jetzt hob sich zwanzig Schritte von ihm entfernt, ein riesiger, schwarzer Kopf aus dem Wasser, ein breites, zahnloses Maul öffnete sich – –

Mit einem Entsetzensschrei sprang Silberland auf. Sofort verschwand der Kopf im Wasser. Paul Seebeck aber sagte lachend:

»Du sollst mir meine Tiere nicht scheu machen.«

»Was sind das für Tiere?« fragte Jakob Silberland, noch am ganzen Körper zitternd.

»Schildkröten, mein Junge, allerdings reichlich große.«

»Riesenschildkröten?« fragte Jakob Silberland aufatmend.

»Ja. Und zwar sind es reine Wassertiere. Ich habe sie nie länger als für Minuten am Lande gesehen. – Sei ruhig, hier können sie nicht heraufkrabbeln. – Am Tage sieht man sie immer nur ganz flüchtig. Aber in hellen Mondscheinnächten habe ich sie oft viele Stunden lang beobachtet. Sie können schwimmen, tun es aber fast nie. Sie kriechen auf dem Boden hin. Es gibt unzählige hier. Die größten waren über vier Meter lang.

Ich traute mich nie recht, mit meinem Motorboote vom Meere her in die Bucht zu fahren, um die Tiere nicht zu erschrecken. Außerdem würden die unzähligen Sandbänke und Klippen, die du siehst, die Sache fast unmöglich gemacht haben, ganz abgesehen von den riesigen Algen, die meiner Schiffsschraube wohl das Leben gekostet hätten. Aber toll ist es hier. Zuweilen habe ich tief unten im Wasser die Leuchtorgane von elektrischen Fischen aufblitzen sehen, und bei Tiefebbe liegen die phantastischsten Tiefseetiere hier herum. Soviel ich sehen konnte, ist der Meeresboden hier auch nicht nackt, wie bei der großen Bucht, sondern sieht wie ein submariner Urwald aus, der sich weit hinaus ins Meer erstreckt. Meine Auffassung ist, daß sich mit der Hebung der Insel diese unterseeische Oase auch gehoben hat. Wie sie in dieses Gestein hereinkommt, weiß ich nicht. Vielleicht ruht sie auf Lehm. Jedenfalls ist sie da, und die Schildkröten mit ihr.

Wenn wir vernünftig sind und keinen Raubbau treiben, können wir durch die Tiere eine dauernde Einnahmequelle haben, die für die ganze Insel ausreichen wird. Dazu kommt noch der Fischfang. – Du siehst, unser Staat braucht keine Not zu leiden.«

Sie warteten noch eine halbe Stunde, aber kein Tier ließ sich mehr blicken. So traten sie den Rückweg an.

PAUL Seebeck saß mit seinem Studienfreunde, dem Architekten Edgar Allan zusammen im Café Bauer in Berlin. Paul Seebeck war trotz der frühen Nachmittagsstunde im Frack, denn er hatte am Vormittage mehrere Staatssekretäre und andere höheren Beamte aufgesucht. Jetzt hatte er alle offiziellen Schritte getan; da er aber am Abend ins Theater wollte, wollte er sich nicht erst die Mühe machen, sich für die wenigen Stunden nochmals umzuziehen. Deshalb war er im Frack geblieben, und es störte ihn nicht, daß er dadurch etwas Aufsehen erregte.

Edgar Allan war lang und knochig und hatte eine etwas eingefallene Brust. Auch in seinem scharfgeschnittenen Gesichte verleugnete sich der englische Halbteil seines Blutes nicht.

Paul Seebeck sah durchs Fenster auf die Straße hinaus. Edgar Allan stützte seine Ellbogen auf den Tisch und verbarg sein Gesicht in den langen, mageren Händen. Als er es nach einigen Minuten wieder erhob, sah er, daß Paul Seebeck ihn jetzt mit seinen großen Augen forschend anblickte.

Edgar Allan sah ihn erst fremd an, dann verzog sich sein Gesicht. Er sagte erregt:

»Ich bin übrigens nicht nur mit meiner Klage vom Reichsgericht abgewiesen; das Warenhaus hat mit seiner Widerklage sogar erreicht, daß ich zu einer Entschädigung verurteilt wurde. Alle Sachverständigen waren darin einig, daß mein Bau nicht den Voraussetzungen des Kontraktes entsprach. Fast meine ganzen Ersparnisse habe ich hingeben müssen.« Dann fuhr er ruhiger fort: »Die Leute haben aber recht, ich kann kein einzelnes Haus bauen; ich verstehe überhaupt nicht, wie jemand das kann. Man soll mir einmal den Bau einer ganzen Stadt übertragen, dann werde ich schon zeigen, wozu ich tauge.«

Paul Seebeck senkte seine Augen und sah dann wieder zum Fenster hinaus.

Plötzlich legte Edgar Allan seine Hand auf seinen Arm:

»Wollen Sie mich mitnehmen?« fragte er.

Paul Seebeck wandte sich herum und sah ihm gerade in die Augen:

»Ja«, sagte er, »gerade solche Menschen wie Sie suche ich, brauche ich. Ich wollte Sie nur aus dem Grunde nicht auffordern, weil ich nicht will, daß jemand anders als ganz aus freien Stücken zu uns kommt. Halloh!« rief er, aufstehend, einen vorbeigehenden, jungen, blonden, hochgewachsenen Herrn zu, der, das »Berliner Tageblatt« in der Hand, sich gerade nach einem freien Tische umsah.

»Herrgott bist du plötzlich in Berlin?« fragte der Angesprochene im höchsten Grade erstaunt. »Noch dazu im Frack? Ich dachte, du wärst Kaffernhäuptling oder Seeräuber oder so etwas ähnliches geworden.«

»Noch nicht«, erwiderte Paul Seebeck. »Aber meine amtliche Bestallung als Seeräuber habe ich seit heute Vormittag in der Tasche. Gestatten die Herren, daß ich vorstelle: mein Schulkamerad stud. jur. Otto Meyer, Architekt Edgar Allan.«

»Referendar Meyer, wenn ich bitten darf«, sagte der junge Mann, wobei er Edgar Allan die Hand reichte, die dieser höflich nahm.

Als alle drei wieder saßen, fragte Paul Seebeck seinen Schulkameraden:

»Woher weißt du eigentlich von der ganzen Geschichte?«

»Du mußt mir Diskretion versprechen«, sagte Otto Meyer feierlich.

»Gewiß.«

»Also die Sache steht lang und breit da drin –«, er wies auf die Zeitung, die er noch immer in der Linken hielt – »sogar in der halbamtlichen Fassung des Wolffschen Bureaus.«

»Zeig doch mal«, sagte Seebeck und griff nach dem Blatte.

»Nein, ich werde es vorlesen, sonst verstehst du es nicht richtig.« Und er las:

»Eine Erweiterung des deutschen Kolonialbesitzes?

Durch den Schriftsteller und Forschungsreisenden Paul Seebeck wurde da und da eine unbewohnte, vulkanische

26

Insel mit einem Flächenraume von zwölfhundert Quadratkilometern entdeckt und für das Deutsche Reich in Besitz genommen. Da auf und bei der fraglichen Insel auch nicht das allergeringste zu holen ist –«

»Willst du vielleicht die Güte haben, ungefähr das zu lesen, was dasteht?« unterbrach Seebeck den Lesenden. »Die Sache interessiert mich nämlich.«

Otto Meyer las weiter:

»Da die fragliche Insel augenscheinlich nur als Wohnsitz einiger, weniger Menschen in Betracht kommen kann und nicht für eine eigentliche Kolonie, ließ der Staatssekretär des Kolonialamtes dem Entdecker der Insel, Herrn Paul Seebeck, bis auf weiteres freie Hand in allen Fragen der Besiedelung der Insel, wobei er ihn auf Widerruf zum Reichskommissar mit allen Rechten und Pflichten eines solchen ernannte.

Diese Ernennung, die selbstverständlich im Einverständnisse mit dem Reichskanzler erfolgte, ist als eine Konzession an die durch das Scheitern der preußischen Wahlreform verstimmten linksstehenden Parteien aufzufassen. Die Konservativen beruhigte der Reichskanzler durch das bindende Versprechen, daß die Insel in drei Jahren ebenso still und leise verschwinden würde, wie sie aufgetaucht ist –«

Paul Seebeck und Edgar Allan lachten. Otto Meyer reichte Paul Seebeck die Zeitung und dieser las die Notiz aufmerksam durch. Als er das Blatt fortlegte, fragte Otto Meyer:

»Ist es wirklich dein Ernst, dort eine Republik zu gründen? Eine republikanisch regierte, deutsche Kolonie?«

»Ja, machst du mit?«

»Mit Vergnügen, aber nur als Justizminister«, sagte Otto Meyer ruhig.

»Als Justizminister? Hm. Daran hatte ich eigentlich nicht gedacht. Ich dachte eher als Staatslausejunge, als offizielles, destruktives Element.«

»Du bist furchtbar liebenswürdig«, antwortete Otto Meyer, ohne im geringsten beleidigt zu sein. »Aber sag mal, willst du nicht morgen bei uns zu Mittag essen? Meine Eltern würden sich doch sehr freuen, dich mit australischem Ruhme bedeckt, dazu noch als zukünftigen Imperator Rex begrüßen zu können.«

»Schön. Wie früher um Drei?«

»Ja.«

Jetzt erhob sich Edgar Allan und nahm Abschied. Paul Seebeck begleitete ihn, so wie er war, in Frack und ohne Hut, auf die Straße hinaus. Als er zurückkam, fragte Otto Meyer:

»Was hast du dir denn da für einen steifen Engländer aufgegabelt?«

»Na, er ist mehr Deutscher als Engländer. Deutsche Mutter und in Deutschland erzogen. Er ist sonst auch gar nicht steif, hat nur jetzt recht unangenehme Sachen durchgemacht. Ich hoffe, daß er mit mir kommt – und uns unsere Stadt baut. Er ist gerade der Typus Mensch, den wir brauchen; das heißt, er ist gerade kein Typus, sondern ein Mensch.«

»Ich bitte dich, sei nicht so schrecklich geistreich«, sagte Otto Meyer. »Sonst bekomme ich Magenschmerzen.«

»Entschuldige mich einen Augenblick«, sagte Paul Seebeck aufstehend und ging auf Jakob Silberland zu, der gerade zur

Tür hereintrat. Paul Seebeck stellte ihm Otto Meyer vor, und als sie wieder Platz genommen hatten, sagte er:

»Edgar Allan kommt mit. Noch ein paar Leute, und wir können anfangen.«

»Kommt er? Gut! Da haben wir ja einen ganzen Kerl gewonnen. Ja, du, was ich sagen wollte – mir sind noch einige Leute eingefallen – aber man kann ja nicht gut jemand auffordern. Und wie soll man es sonst diesen Leuten nahelegen?«

»Gar nicht, natürlich«, antwortete Paul Seebeck. »Wer nicht freiwillig, aus innerstem Instinkt zu uns kommt, mag fortbleiben. Die brauchen wir, die uns zufällig finden, weil sie uns brauchen.«

»Ja, ja«, sagte Jakob Silberland etwas verlegen. »Aber wir müssen doch einen Anfang haben. Wir zwei, drei Menschen können uns dort nicht festsetzen und auf die anderen warten. Damit würden wir uns nur lächerlich machen und gar nichts erreichen.«

»Du irrst. Wir müssen gerade hingehen und uns der Lächerlichkeit aussetzen.«

»Ich fürchte nur, daß wir zwei, mit Edgar Allan also drei, unser ganzes Leben lang allein auf der Insel hocken werden.«

Otto Meyer, der offenbar fürchtete, Zeuge eines Streites der beiden Freunde zu werden, verabschiedete sich, wobei er Seebeck daran erinnerte, daß er morgen zum Mittagessen zu kommen versprochen hätte.

Der Streit brach aber nicht aus, im Gegenteil, Paul Seebeck sagte ganz ruhig, wobei er seinem Freunde gerade ins Gesicht blickte:

»Ich verstehe dich vollkommen; du willst gleich mit einem gewissen Material anfangen. Ich glaube, du machst dir unnötige Sorgen. Es werden mehr zu uns kommen, als wir brauchen können. Du wirst sehen, daß viele gleich mit uns kommen wollen. Aber jetzt mußt du mich entschuldigen«, brach er ab, wobei er auf die Uhr sah. »Ich will ins Theater.«

Als Paul Seebeck gegangen war, setzte sich Jakob Silberland richtig in der Ecke zurecht und ließ sich vom Kellner alle Abendblätter bringen und las die – je nach der politischen Richtung der betreffenden Zeitung – wohlwollenden, abwartenden oder gehässigen Glossen zur halbamtlichen Wolff-Nachricht. Nach einer Stunde war er aber müde vom Lesen; er lehnte sich zurück und ließ sich sein letztes Gespräch mit Paul Seebeck noch einmal durch den Kopf gehen. Je mehr er nachdachte, umsoweniger hielt er Paul Seebecks Ansicht für richtig; er glaubte vielmehr, daß man sich einen gewissen, soliden Kern sammeln müßte, um den sich dann die Gemeinschaft kristallisieren könnte. Aber einfach abwarten – nein. Lieber organisieren, aufbauen.

Und als ihm das als das richtige klar vor Augen stand, beschloß er, einen Mann aufzusuchen, den er sich als wertvollen Mitarbeiter an der Sache denken konnte, nämlich den russischen Flüchtling Nechlidow.

DURCH schwere, dunkle Vorhänge gedämpft, fiel das Licht in den Salon, in dem die hohe Frauengestalt stand. Das schwarze Schleppkleid ließ Hals und Gesicht noch weißer erscheinen, und die großen braunen Augen leuchteten.

»Warum kommen Sie erst jetzt zu mir?« fragte Frau von Zeuthen Paul Seebeck, der noch Hut und Stock in der Hand haltend vor ihr stand.

»Wie schön Sie sind!« erwiderte Seebeck und küßte ihre Hand. »Unveränderlich schön wie ein edles Bild, das Zeiten und Geschehnis überdauert.«

Ihr Lächeln war nicht der Art als ob sie seine Worte als Schmeichelei auffaßte. Sie sagte:

»Jetzt müssen Sie mir aber alles, alles erzählen. Ich habe die Zeitungen gelesen und allerhand gehört. Das will ich jetzt aber vergessen und alles neu und rein von Ihnen hören.«

Sie setzte sich auf den Divan und wies mit der Hand auf einen Armstuhl neben dem Rauchtischchen, aber Paul Seebeck blieb stehen:

»In Ihrem Hause ist eine Ruhe wie sonst nirgendwo auf der Welt. Sie sind einige Jahrhunderte zu spät auf die Welt gekommen, Gabriele. Sie passen nicht in unser Zeitalter. Sie gehörten nach Italien zur Zeit der Wiedergeburt, und in Ihren Räumen hätten sich die edelsten Männer versammelt, um ernst und gewichtig die Fragen zu erörtern –«

»Sie wollten mir doch etwas erzählen«, unterbrach ihn Frau von Zeuthen, wobei sie sich zurücklehnte.

Paul Seebeck legte Hut und Stock fort und setzte sich in den Armstuhl.

»Also, ich kam von Sidney zurück –«

»Nicht so schnell. Verzeihen Sie, daß ich Sie unterbreche. Aber Sie dürfen Australien nicht überspringen.«

»Über Australien kann ich leider nicht viel berichten. Ich kam hin – Sie kennen ja meinen Expeditionsplan, er stand ja auch in allen Zeitungen – und wie ich dort war, sah ich, daß meine ganze Expedition eigentlich überflüssig war. Von dem, was ich als Neuland erforschen wollte, ist der größte Teil in seinen großen Zügen schon bekannt, sogar schon

31

aufgenommen, und es reizte mich nicht, mich nur mit den Bagatellen abzugeben, die natürlich auch von wissenschaftlichem Interesse sind –«

»Da Sie ja mehr Abenteurer als Wissenschaftler sind.«

»Vielleicht, vielleicht liegt der Wert meines Abenteuertums gerade darin, daß ich nur große Dinge entdecken kann, nicht Kleinigkeiten untersuchen. Ich kann nur die großen Dinge sehen und räume dann gern das Feld dem Gelehrten, der dann nach Herzenslust messen und forschen mag. Schon am ersten Tage in Sidney, wo ich in der Bibliothek der Geographischen Gesellschaft saß und mir das ganze Material durchsah, sank mir der Mut. Ich sah wohl, daß da noch unendlich viel zu tun war, aber fast nichts für mich.

Ich unternahm die Expedition trotzdem – ich war ja dazu verpflichtet – aber ohne Freude. Dadurch kam auch das Sprunghafte, Unsichere herein, das manche Zeitungen mit Recht gerügt haben, und kehrte vorzeitig zurück.«

»Ich las in der Zeitung, daß die furchtbaren Stürme und Überschwemmungen, die der großen Flutwelle folgten, Sie zur Rückkehr gezwungen hätten.«

»Ich nahm das mehr als Vorwand. Hätte ich ernstlich gewollt, hätte ich schon dort bleiben können. Ich kehrte aber nach Sidney zurück.«

»Und dann?«

»Ja, dann sah ich vom Dampfer aus meine Insel, deren Entstehung natürlich die große Flutwelle verursacht hat. Und da beschloß ich, auf ihr meinen Staat zu gründen.«

»So schnell?«

»Ja, wissen Sie, Gabriele«, fuhr Paul Seebeck lebhafter fort, »zwischen der Entdeckung der Insel und meiner Ankunft lagen ja viele Stunden. Und eine Stunde ist lang, wenn man allein auf einem Schiffe steht und ganz ungestört seinen Gedanken nachhängen kann. Und unser Plan eines wirklich modernen Staates auf breitester, demokratischer Grundlage, aber mit dem Prinzipe der größten persönlichen Freiheit war ja schon lange fertig.«

»Wer ist »wir«?«

»Mein Freund Silberland, ein Journalist und radikaler Politiker aus München, ein kluger Mensch, der unendlich viel in seinem Leben gearbeitet hat und dem es immer schlecht gegangen ist, und ich. In meiner Münchener Zeit sind wir oft nächtelang im Café Stephanie gesessen oder im Englischen Garten herumgegangen und haben dabei immer nur unseren Staat besprochen. Sie werden verstehen, daß zwei Menschen wie er und ich sich in einer solchen Frage aufs Glücklichste ergänzen können.«

Frau von Zeuthen nickte und Paul Seebeck fuhr fort:

»Wie ich also die Insel sah und wußte, daß sie herrenloses Land darstellte, schrieb ich vom Dampfer aus einige Zeilen an Silberland. Ich erinnerte ihn an unsere Träume und bat ihn, hinzukommen. Ich schrieb ihm, er solle mir eine Vollmacht als Reichskommissar verschaffen. Er kam auch, der gute Kerl, steckte seinen Beruf und seine Stellung auf und kam. Aber das Kolonialamt hatte ihm doch nur eine sehr vorsichtige, sehr provisorische Vollmacht für mich mitgegeben und verlangte, mich selbst zu sehen und zu hören. So mußte ich also nach Berlin kommen.« Und Paul Seebeck schwieg, wobei er vor sich auf den Teppich sah.

»War Ihnen denn das so unangenehm?« fragte Frau von Zeuthen.

»Ja. Wenigstens zuerst. Ich hatte schon viele Wochen ganz allein auf meiner Felseninsel zugebracht und fühlte mich dort so heimisch, daß es mir schwer wurde, sie wieder zu verlassen. Und besonders fürchtete ich, sie mit etwas anderen Augen zu sehen, wenn ich nach dem Aufenthalt in Europa zu ihr zurückkehrte.«

»Wie denn?« fragte Frau von Zeuthen mit ihrem klugen Lächeln.

Er sah sie an und sagte langsam:

»Ich fürchtete, meine Insel nicht mehr so rein zu empfinden, nicht mehr so ganz als Symbol der Unberührtheit, kurz, nicht mehr so persönlich, mehr als eine von den vielen, ein Kuriosum, keine Offenbarung – Sie verstehen?«

Frau von Zeuthen nickte.

»Und weshalb sind Sie jetzt doch froh, hierher gekommen zu sein?« fragte sie nach einer kleinen Pause.

»Weil ich sehe, wie wertvoll es für mich ist, etwas Distanz bekommen zu haben – nicht nur aus praktischen Gründen.« Wieder schwieg er und sah vor sich hin.

»Dann habe ich hier auch einige Menschen wiedergefunden, die ich für meine Arbeit brauche. Und« – hier sank er vom Stuhle und ergriff ihre Hand und küßte sie – »eine Frau, die ich immer fragen muß, ob ich auch auf dem rechten Wege bin.«

Sie strich ihm mit ihrer schönen, weißen Hand über sein Haar.

»Wollen Sie mir auch diesmal Ihren Segen mitgeben?« fragte er, lächelnd zu ihr aufblickend.

»Ja«, sagte sie. »Und wenn Sie mich brauchen, komme ich zu Ihnen.«

Er küßte noch einmal ihre Hand und erhob sich dann. Im

Zimmer auf- und abgehend, fuhr er lebhaft fort:

»Und wie bezaubernd die Idee wirklichen Neulandes, einer freien menschlichen Gemeinschaft ohne alle Traditionen wirkt. Ich kenne von der Schule her einen jungen Studenten, jetzt ist er übrigens Referendar, der fünf Jahre jünger ist als ich. Einen richtigen Berliner Juden, obwohl er nicht so aussieht. Glänzend begabt, daß jede Arbeit für ihn Spielerei ist, frech wie ein Dachshund, nie um eine Antwort verlegen, immer witzig und nichts auf der Welt ernst nehmend. Dabei ein seelenguter Kerl und immer hilfsbereiter Kamerad. Wir treffen uns hier zufällig im Café, und er benutzt die Gelegenheit, um tausend dumme Witze über unsere Insel zu machen. Am Tage darauf esse ich bei seinen Eltern. Auch dort schont er mich durchaus nicht. Wie wir nach dem Essen bei einer Zigarre allein in seinem Zimmer sind, sagt er mir plötzlich in vollem Ernste, daß er mit uns kommen will, um dann sofort darüber dumme Witze zu machen. Aber ich bin überzeugt, daß es ihm im Grunde seines Herzens tiefernst ist, und daß er gerade durch seinen absoluten Mangel an Sentimentalität ein sehr gesundes Element darstellen wird.«

Er blieb stehen und lauschte, denn auf dem Korridore wurde ein Trampeln und eifriges Tuscheln laut. Frau von Zeuthen erhob sich vom Divan.

»Die Kinder«, sagte sie.

Gleich darauf wurde auch die Tür aufgerissen und die dreizehnjährige Hedwig stürmte herein. Sobald sie Paul Seebeck erblickte, schlang sie beide Arme um seinen Hals und hüpfte vor Freude. Paul Seebeck konnte sich nur mit Mühe soweit von ihr befreien, um dem etwas verlegen hinter ihr stehenden zwölfjährigen Felix wenigstens flüchtig die Hand drücken zu können. Noch halb an Paul Seebeck hängend, begann Hedwig, ihrer Mutter übersprudelnd ein

Schulerlebnis zu erzählen, doch Frau von Zeuthen unterbrach sie:

»Macht euch jetzt schnell zum Mittagsessen fertig, Kinder. Wir essen heute früher als sonst. Dann kannst du uns alles erzählen, Hedwig.«

Ein wenig schmollend zog Hedwig ab, Felix wandte sich in der Tür noch einmal zögernd um, dann ging er schnell zu Paul Seebeck und flüsterte ihm zu:

»Ich habe alles gelesen; ich weiß alles. Ich will zu dir auf deine Insel kommen.« Dann lief er tief errötend aus der Tür.

Während die Schritte der Kinder auf dem Korridore verklangen, wandte sich Frau von Zeuthen an Paul Seebeck:

»Ich erwarte noch einen Gast –«

»Herrn von Rochow?« fragte Seebeck.

»Rochow? Nein ... Wie kommen Sie auf ihn?«

»Ach, ich bin in den letzten Tagen oft mit ihm zusammen gewesen; er ist ja einer von den Unsrigen.«

»So? Das freut mich wirklich.«

»Er war einer von denen, an die ich von Anfang an dachte, und er kam auch gleich zu mir. – Ja, und gestern sagte er mir, daß wir uns wohl auch bald bei Ihnen treffen würden.«

»Rochow ist immer bei mir willkommen; er kommt vielleicht auch später zum Tee zu mir. Wissen Sie übrigens, daß er seinen Abschied nehmen mußte?«

»Nein, weshalb denn?«

»Ich weiß es nicht genau. Es handelte sich um eine Soldatenmißhandlung, wo Rochow in irgendwelcher inkorrekten Weise zu sehr für den Soldaten gegen den schuldigen Leutnant eingetreten ist. Aber jetzt zum Mittagessen erwarte ich einen jungen Freund, der Ihnen vielleicht große Freude machen wird.«

Es klingelte, und bald darauf stand ein bleicher, junger Mann mit tiefliegenden, rotumränderten Augen in der Tür. Man sah seiner Kleidung an, daß sie mit großer Mühe ordentlich instand gehalten war. Frau von Zeuthen ging auf ihn zu, führte ihn an der Hand zu Seebeck und sagte:

»Da haben Sie meinen Melchior. Seht zu, ob ihr nicht Freunde werden könnt.«

Und während die beiden Männer einander forschend und suchend in die Augen sahen, öffnete sie die Tür zum anstoßenden Eßzimmer, wo Hedwig und Felix bereits ungeduldig warteten.

AUF dem großen Tische in Paul Seebecks Hotelzimmer, der mit Zeitungen, Broschüren und Papieren bedeckt war, standen zwei schwere, fünfarmige Leuchter und erhellten die Gesichter der kleinen Versammlung. Erst jetzt waren sie zum ersten Male offiziell versammelt; so hatte es Paul Seebeck gewollt. Mehrere Wochen hatte er ihnen Zeit gelassen, um alles in Ruhe zu überlegen und sich einander kennen zu lernen.

Alle sieben waren da: am Tischende saßen Paul Seebeck, Jakob Silberland und Hauptmann a. D. von Rochow, dann kamen Edgar Allan und Referendar Otto Meyer, zuletzt Nechlidow. Der junge Melchior saß gesenkten Hauptes etwas im Hintergrunde und zuweilen hob sich sein bleiches, abgearbeitetes Gesicht aus dem Dunkel.

Paul Seebeck stand auf, und aller Augen wandten sich ihm

zu. Er sagte:

»Ich habe ungefähr dreihundert Anfragen und Anmeldungen erhalten, habe aber Alle gebeten, sich etwas zu gedulden. Wir sind jetzt sieben, und das ist vorläufig genug, um die Sache in Gang zu bringen. Sobald wir die Umrißlinien gezogen haben, mögen die Anderen kommen, um sie auszufüllen oder zu verändern. Nun liegt die Gefahr vor«, fuhr er fort, wobei er den Kopf senkte und sich auf die eingezogene Oberlippe biß, »daß wir sieben auch in Zukunft eine bevorzugte Stellung einnehmen. Das darf natürlich nicht sein. Das wäre eine Oligarchie statt einer Demokratie.«

Nechlidow hob den Kopf und rief:

»Was bis zum heutigen Tage noch jede Demokratie gewesen ist, besonders in der wahnsinnigen Karrikatur des Parlamentarismus.«

Paul Seebeck sah ihm gerade ins Gesicht:

»Tragen Sie das Ihrige dazu bei, Herr Nechlidow, daß unser Staat nicht an dieser Klippe strandet.«

Es ging ein Leuchten durch Nechlidows vergrämtes Gesicht; er sagte nichts, nickte nur.

»Nun läßt sich aber nicht leugnen, daß wir sieben Gründer, eben als solche, vorläufig eine Sonderstellung einnehmen. Wir müssen nur dafür sorgen, daß diese Sonderstellung nicht länger dauert, als unbedingt notwendig ist. Ich schlage deshalb folgendes vor: jeder Ansiedler, selbstverständlich Mann wie Frau, ist nach einjährigem Aufenthalt auf der Insel vollberechtigter Bürger. Wir sieben Gründer bleiben das erste Jahr allein auf der Insel und genießen das einzige Vorrecht, in diesem Jahre über uns selbst und den Staat, den wir ja allein repräsentieren, zu verfügen. Dieses Vorrecht ist natürlich nur ein anderer

Ausdruck für alle unsere Pflichten und unsere Arbeit. Vom opportunistischen Standpunkte aus gesehen also ein Vorrecht, von recht zweifelhaftem Werte, vom moralischen Standpunkte ein Recht in der tief innersten Bedeutung des Wortes.«

Jetzt konnte Otto Meyer sich nicht mehr beherrschen, er mußte Jakob Silberland zuflüstern:

»Daß der Kerl seine geistreichen Bemerkungen nie sein lassen kann.«

Halb verlegen und belustigt, suchte Silberland nach einer Antwort; plötzlich aber erhob sich zum allgemeinen Erstaunen Melchior und sagte:

»Darf ich eine Frage stellen? Da ist etwas, was ich nicht verstehe.«

»Bitte«, sagte Seebeck.

Melchior zog die Brauen zusammen und versuchte augenscheinlich seine Frage scharf zu formulieren; er sagte dann:

»Nach alledem, was ich verstanden zu haben glaube, soll dieser Staat im Großen wie im Kleinen keine willkürliche Konstruktion darstellen, ebensowenig eine Gemeinschaft, die nur auf einen bestimmten Typus Mensch zugeschnitten ist. Wenn Sie mir den trivialen Ausdruck erlauben wollen, soll es nicht nur der ideale, sondern auch der normale Staat sein.«

Paul Seebeck nickte. Melchior sah ihn an:

»Ein Staat, oder wohl besser: eine Gemeinschaft, deren Bau aus der Natur des Menschen an sich, des zweibeinigen Säugetieres: Mensch, abgeleitet ist, nicht wahr?«

Wieder nickte Paul Seebeck, obgleich nicht so ganz zustimmend. Melchior war aber so in seinen Gedanken vertieft, daß er nichts um sich her sah. Er fuhr fort:

»Sie müssen mich recht verstehen, ich will nicht kritisieren, nur fragen. Wie läßt sich die Idee eines solchen Staates damit vereinigen, daß erst große Vorarbeiten nötig sind? Daß die Ansiedler sich erst ein ganzes Jahr lang akklimatisieren sollen? Würde es nicht genügen, die Menschen einfach in die Freiheit zu setzen, so daß sie selbst kraft ihrer Menschennatur sich die neue Gemeinschaft schaffen können? Wenn ihre Gedanken richtig sind, müßte der so sich selbst aufbauende Staat genau ebenso werden, wie der Ihrige, der doch – zunächst wenigstens – ein theoretisches, aus den jetzigen Staatsformen abstrahiertes Gebäude darstellt; nur mit dem Unterschiede, daß der sich selbst aufbauende Staat natürlicher wäre, ohne die Fehlerquellen, die bei dem Ihrigen, der theoretischen Grundlage wegen, möglich sind.«

»Bravo!« rief Nechlidow. »Der Mann kann denken.«

»Sie müssen mich richtig verstehen,« fuhr Melchior fast ängstlich fort, »ich vertrete gar keinen Standpunkt, ich sehe nur ein Problem und bitte Sie, es mir zu lösen. Sie haben natürlich alles das genau bedacht, Herr Seebeck?« Er richtete sich ganz auf und sah Seebeck gespannt an. Aber plötzlich verzog sich sein Gesicht, es wurde kreidebleich, er schwankte etwas, griff rückwärts nach der Stuhllehne, so daß der Stuhl sich auf einem Beine drehte, und Melchior sank, die Stuhllehne noch immer in der Hand, bewußtlos neben den Stuhl hin, der auf ihn fiel.

Alle sprangen entsetzt auf. Paul Seebeck war mit einigen Schritten bei ihm, hob ihn leicht wie ein Kind auf, klingelte nach dem Kellner, ließ sich ein freies Zimmer zeigen und bettete den Ohnmächtigen dort. Er löste ihm die Kleider auf

Brust und Leib und flößte ihm dann Milch ein. Melchior schlug schon nach einigen Minuten die Augen wieder auf und sah unsicher um sich. Paul Seebeck fragte ihn besorgt:

»Fühlen Sie sich jetzt wieder wohl?«

»Ja, ja«, sagte Melchior zerstreut. »Das hat nichts zu sagen.« Sein Blick fiel auf die gefüllte Milchkanne. Mit zitternden Händen schenkte er sich ein Glas ein und stürzte es hinunter. Er sah dankbar zu Seebeck auf:

»Ich danke Ihnen, Sie sind so gut zu mir.«

»Wünschen Sie irgend etwas?« fragte Seebeck, die Hand schon bei der elektrischen Klingel.

»Ja, wenn ich etwas essen dürfte –« antwortete Melchior zögernd. »Ich werde zuweilen schwach, wenn ich hungrig bin.«

»Haben Sie denn heute Abend noch nichts gegessen?« fragte Seebeck besorgt.

»Heute Abend?« Melchior lächelte schwach. »Gestern und heute habe ich nichts gegessen. Wenn ich jetzt nur ein Stückchen Brot haben kann, ist mir gleich wieder gut.«

Der Kellner trat ein, und Seebeck bestellte, trotz Melchiors verlegen-abwehrender Handbewegungen ein ordentliches Abendessen, doch verlangte er nur Speisen, die in wenigen Minuten fertig sein konnten. Während dieses kurzen Gespräches schlummerte Melchior ein. Paul Seebeck überzeugte sich, daß sein Atem ruhig ging und verließ dann zusammen mit dem Kellner das Zimmer.

Als er zu seinen Gästen zurückkehrte, wurde er von allen Seiten nach Melchiors Befinden gefragt. Er gab aber nur kurze, sachliche Antworten und schlug dann lächelnd vor, wieder zur Arbeit überzugehen. Diesmal ergriff er aber nicht das Wort, sondern bat Jakob Silberland, zu erklären, wie sie ihren Staat zu finanzieren gedächten.

Jakob Silberland stand eifrig auf, und begann:

»Die finanzielle Grundlage unseres Staates ist als durchaus gesund zu bezeichnen. Wir haben Aktiven in den Naturschätzen, die fast ohne Betriebskapital zu heben sind. Nach dem Urteil von Sachverständigen repräsentiert eine ausgewachsene Riesenschildkröte allein an Schildkrott einen Wert von fünfundzwanzigtausend Mark, dazu kommt noch ihr Fleisch im Werte von ungefähr dreihundert Mark. Ein genaues Studium muß ergeben, wieviele Tiere man im Jahre erlegen darf, ohne Raubbau zu treiben; jedenfalls für mehrere Hunderttausende, vielleicht Millionen. Diese Einnahmequelle muß dem Staate selbst verbleiben.

Daß der Grund und Boden für immer gemeinsames

Eigentum bleiben muß, ist ja selbstverständlich, ebenso die auf ihm stehenden Häuser, denn ein Privatbesitz an Boden läßt sich nur solange rechtfertigen, wie es herrenloses Land in genügender Menge gibt, so daß jeder andere sich gleichfalls – wenn er will – einen genügenden Platz sichern kann. Da es jetzt – speziell bei uns – herrenloses Land so gut wie nicht mehr gibt, oder bald nicht mehr geben wird, ist Privatbesitz am Grund und Boden ein Unding.

Wir brauchen nur etwas flüssige Mittel, um die notwendigen Bauten und Anlagen ausführen zu können. Wir schlagen vor, das Geld durch eine innere Anleihe aufzubringen, die rasch zu amortisieren wäre. Diese Anleihe müßte natürlich eine innere sein, um ausländischem Kapital keinen Einfluß zu geben ...«

Die Tür knarrte leise; aller Augen wandten sich ihr zu, und Jakob Silberland brach ab. Mit schleppenden Schritten kam Melchior herein und blieb verlegen stehen. Da sich aber alle Anwesenden Mühe gaben, ihn so unbefangen wie möglich zu behandeln, atmete er schnell auf und nahm seinen früheren Platz wieder ein. Jakob Silberland räusperte sich und wollte in seinem Vortrage fortfahren, konnte aber die Aufmerksamkeit nicht mehr sammeln. Paul Seebeck schlug deshalb vor, eine Viertelstunde lang zu pausieren. Da niemand widersprach, ließ er Tee und kleine Butterbrötchen, sowie auch einige Flaschen Wein kommen, was die Herren, auf- und abgehend, zu sich nahmen.

Paul Seebeck trat zu Melchior heran:

»Haben Sie jetzt ordentlich gegessen?« fragte er.

»Ja, ja«, antwortete Melchior, zerstreut auf den Boden blickend. Dann schlug er die Augen auf:

»Herr Seebeck«, sagte er, »Sie sind mir noch eine Antwort schuldig.«

Paul Seebeck griff sich unwillkürlich an die Stirn; er verfolgte rückläufig die Vorgänge des Abends und kam damit auch auf Melchiors Frage.

»Überlegen Sie sich, wie viel die Menschen vergessen müssen, ehe sie reif für eine neue Gemeinschaft werden; vergessen, was sie selbst, und das, was ihre Vorfahren gelernt haben: die Masseninstinkte. Um die zu bekämpfen und zu vergessen, genügt weder die Möglichkeit, noch der Wille zur Freiheit – zwei Voraussetzungen, die bei uns glücklicherweise gegeben sind – eine große Arbeit jedes einzelnen an sich und an der Gemeinschaft ist notwendig. Unterschätzen Sie unser Vorhaben nicht; es gilt nichts weniger, als einen neuen Typus Mensch heranzuziehen, einen Typus, der eine Gemeinschaft von Individualitäten bilden kann, ohne daß diese zu einer homogenen Masse wird.«

»Sie gebrauchen dauernd das Wort: Typus im Sinne von Individuum. Ich finde das fast verdächtig.«

»Ach Gott, was ist denn dabei verdächtig?« sagte Paul Seebeck gleichmütig. »Typus – Art – was Sie wollen. Sie wissen ja, was ich meine, da spielt der Ausdruck doch keine Rolle.«

Melchior schüttelte den Kopf und zog die Augenbrauen zusammen:

»Was Sie meinen, scheint an und für sich so klar zu sein, daß ein etwas schiefer Ausdruck keine Unklarheit hereinbringen kann. Ich kann aber doch nicht anders, als gerade hinter diesem schiefen Ausdruck ein Problem zu sehen, nämlich dieses: daß Sie gar nicht den freien Menschen an sich brauchen können und entsprechend heranziehen wollen, sondern nur einen ganz bestimmten Typus des freien Menschen.«

Paul Seebeck hatte anfangs lächelnd zugehört, dann wurde er aber ganz ernst. Stehenbleibend, sagte er fast feierlich:

»Es gibt keinen Staat und keine Gemeinschaft der Welt, wo der Verbrecher, der Kinderschänder Raum fände. Wohl aber läßt sich eine Gemeinschaft denken, die dem Verbrechen keinen Nährboden gibt. Was stellen Sie sich denn überhaupt unter dem »freien« Menschen vor? – Doch nicht den, der ungehindert absonderlichen Gelüsten folgen kann? Gerade der in irgend einer Weise perverse Mensch ist im höchsten Grade unfrei. Frei sein heißt: von seiner eigenen Vergangenheit frei sein, von Traditionen und Vorurteilen frei sein, heißt Rückkehr zu einer Norm, die es kaum noch gibt.

In diesem Sinne haben Sie Recht: ich erkenne wirklich nur einen Typus des freien Menschen an; aber der ist sehr umfassend, nämlich alle einschließend, die in irgend einer Weise für die Gemeinschaft im höheren Sinne brauchbar, oder was dasselbe ist, notwendig sind.«

»Ja, ja«, sagte Melchior nachdenklich. »Ich glaube schon, daß ich Ihnen zustimmen werde, wenn ich in Ruhe alles richtig bedacht habe.«

Paul Seebeck sah ihm gerade ins Gesicht:

»Beantworten Sie mir bitte eine Frage: weshalb kommen Sie überhaupt zu uns? Ich sehe, daß Sie ernst arbeiten und daß Sie aufrichtig sind, uns also willkommen sein müssen – aber was wollen Sie von uns?«

Melchior sah mit zusammengezogenen Brauen vor sich hin:

»Ich muß aus zwei Gründen zu Ihnen. Erstens glaube ich bei Ihnen alle sozialen und sozial-psychologischen Phänomene im status nascendi, also in reinster und dabei konzentriertester Form zu finden. Also aus wissenschaftlichem Interesse. Dann glaube ich dort einmal ein Arbeitsfeld zu haben, wo die praktische Arbeit nicht vergeudete Zeit bedeutet.«

»Sie werden kein angenehmer Mitarbeiter sein, aber ein wertvoller.« Und er drückte Melchiors heiße Hand.

Hinter ihnen erklang ein leises Klirren. Sie wandten sich um und sahen, daß Jakob Silberland an sein Glas schlug, augenscheinlich in der Absicht, eine Rede zu halten. Er trippelte nervös auf seinen kurzen Beinchen hin und her und fuhr sich mehrmals mit der Hand durch sein langes, schwarzes Haar. Die anderen Herren saßen um den Tisch herum mit aufmerksamen und vielleicht etwas verlegenen Gesichtern. Paul Seebeck und Melchior blieben im Hintergrunde stehen.

Melchior sah mit einem Blicke, der fast ein Werben um Liebe enthielt, zu Paul Seebeck auf und flüsterte ihm zu, wobei er errötete:

»Sie müssen mir helfen, dann werde ich finden, was ich suche – dort auf Ihrer Insel werde ich das Geheimnis der Menschheit finden.«

Paul Seebeck nickte ihm freundlich zu. Er konnte ihm nicht mehr antworten, denn Jakob Silberland begann:

»Darf ich einige Worte sagen? Ich will nicht schwulstig sein, obwohl ich mich beherrschen muß, es nicht zu werden. Aber ohne jede Übertreibung kann man wohl sagen, daß von diesem Tage an eine neue Periode der Menschheitsgeschichte ansetzt. Unser Anfang ist bescheiden, aber unsere Bestrebungen werden Früchte tragen, deren Größe wir heute noch gar nicht übersehen können. Statt grotesker Verzerrungen den wirklichen Staat, die wirkliche Gemeinschaft von Menschen.«

»Gegründet auf die menschliche Vernunft«, unterbrach

Nechlidow, von seinem Stuhle aufspringend, den Redner. »Weg mit den Sentimentalitäten, die nur Ausbeutung, Schwäche und Dummheit verschleiern sollen. Laßt uns die neue Menschheit auf die Vernunft aufbauen. Vernunft allein kann den Menschen weiterbringen. Gefühle erniedrigen ihn zum Tiere. Aber streng und ehrlich müssen wir sein.«

Otto Meyer hatte mit einem spöttischen Lächeln den beiden zugehört; jetzt aber wurde sein Gesicht ganz ernst. Er machte eine Bewegung, als ob er aufstehen wollte, besann sich dann aber wieder. Herr von Rochow hatte wohl zu viel Wein getrunken, denn sein Lächeln wurde blöder und blöder, und seine treuherzigen, blauen Augen verschwammen immer mehr. Edgar Allan hörte nur halb zu; mit einem Bleistiftstumpfe entwarf er auf dem weißen Tischtuche Hütten und Häuser in einem Stile, der in merkwürdiger Weise eine stark betonte Horizontale mit flachen Bogenlinien verknüpfte.

Jetzt trat Paul Seebeck mit einigen raschen Schritten an den Tisch und sagte:

»Meine Freunde! Heute Abend ist es zu spät, um noch alle die Einzelheiten zu erörtern, die ich gern besprochen hätte. Aber dazu haben wir ja die vielen Wochen auf dem Schiffe.

Nur eins: das ist jetzt der Abschied vom behaglichen Leben, von Großstadttrubel und den Vergnügungen. Jetzt beginnt für uns die Arbeit. Es liegt nur an uns, diese Arbeit so anzufassen, daß sie für Andere und uns selbst größeres gestaltet, als sonst je möglich wäre. Eine schwere Zukunft liegt vor uns, aber eine große.«

DIE Sachverständigen waren nach Sidney zurückgekehrt. Alles war geprüft worden: der mutmaßliche Ertrag der anzulegenden Schildkrötenkultur, der Fischreichtum des Meeres, die Brauchbarkeit der Steine zum Hausbau, das Wasser, die auf der Insel vorkommenden Minerale – und jetzt saß Jakob Silberland den ganzen Tag in seinem Zelte an einem Holztische und rechnete, wobei er unausgesetzt die kurzen Beinchen bewegte und sich nicht selten mit den Händen durch das schwarze, strähnige Haar fuhr. Die andern sechs aber arbeiteten draußen in der glühenden Sonne, um erst am Abend zu den Zelten zurückzukehren. In den Stunden, wo sie dann am Strande lagen und auf das Meer hinaussahen, war manch ein gewichtiges Wort gefallen.

Jakob Silberland hatte viel zu tun: die gesamte Korrespondenz lag in seinen Händen, ebenso die Buchführung und die Verwaltung der Gelder. Er hatte die wöchentliche Verbindung mit Sidney durch einen kleineren Dampfer der »Australisch-Neu-Seeländischen Transport-Gesellschaft« zustande gebracht, und jetzt galt es für ihn, auf eine geraume Zeit hinaus den Bedarf an Geräten, Baumaterial und anderen Dingen vorauszusehen und geschickt auf die einzelnen Wochen zu verteilen, damit der Verkehr sich für die Gesellschaft lohnte.

Von diesen schwierigen Berechnungen bereitete die schwerste und verantwortungsvollste Arbeit – die Verwaltung der Gelder – Jakob Silberland den geringsten Kummer. Es war beschlossen worden, eine in fünfzehn Jahren zu amortisierende, dreiprozentige innere Anleihe in der Höhe von einer Million Mark aufzunehmen. In fünf Jahren hofften sie, mit dem größten Teile der Bauten und Anlagen fertig zu sein und wollten dann die Anleihe jährlich mit hunderttausend Mark amortisieren. Besondere Bestimmungen verhinderten den Handel mit diesen Papieren, um keinem Außenstehenden auch nur den geringsten Einfluß zu erlauben. Herr von Rochow und Paul

Seebeck hatten ihr ganzes Vermögen – eine halbe Million und zweihundertfünfzigtausend Mark – in diesen Papieren angelegt, Otto Meyer konnte fünfzigtausend beisteuern, und Edgar Allan zwanzigtausend. – Jakob Silberland, Nechlidow und Melchior besaßen nichts, konnten also auch nicht die fehlenden hundertachtzigtausend aufbringen, etwas, was Jakob Silberland in seiner Eigenschaft als Geschäftsführer sehr bedauerte. Bis jetzt war nämlich das Kapital nur in ganz geringem Umfange angegriffen, und der weitaus größte Teil des Geldes lag mit sechsmonatlicher Kündigung in der Filiale der »Deutschen Bank« zu Sidney, wo es viereinhalbes Prozent trug; die Anleihe konnte also auch, solange sie nicht verbraucht war, als eine werbende betrachtet werden, die anderthalb Prozent Überschuß im Jahre erbrachte.

Aber Jakob Silberland war praktisch und fand einen Weg, um die Unterbringung der restlichen hundertachtzigtausend Mark der Anleihe zu erzwingen. Es war nämlich festgesetzt worden, daß alle Staatsarbeiter – und das waren ja vorläufig alle sieben Gründer – ein jährliches Gehalt von fünftausend Mark beziehen sollten. Die spätere, erweiterte Gemeinschaft mochte diese Bestimmung bestätigen, abändern oder umstoßen; sie galt vorläufig nur für das erste Jahr.

Da jetzt von getrenntem Haushalt noch keine Rede sein konnte, wurden die Notdürfte des Lebens gemeinsam bezogen und entsprechend vom Gehalte abgezogen. Der Rest sollte bar ausgezahlt werden. Jakob Silberland setzte aber durch, daß nur die Hälfte dieses Geldes bar ausgezahlt wurde, die andere Hälfte aber in jenen Anleihepapieren, von denen zu diesem Zwecke die in Frage stehenden hundertundachtzigtausend Mark in Scheinen von je hundert Mark ausgegeben wurden. Sogar gegen den Zinsverlust in der Zeit vor Unterbringung der ganzen

Summe verstand Jakob Silberland die Staatskasse zu schützen, indem er diese Papiere nicht zum Nominalwert, sondern mit einem jährlichen Aufschlage von anderthalb Prozent ausgab.

Inzwischen arbeiteten die anderen in der heißen Sonne. Ihre erste Sorge galt der Zuführung von Trinkwasser, dessen tägliche Herstellung im Destillationsapparate zu langwierig war. Man verzichtete vorläufig auf die Herstellung einer wirklichen, unterirdischen Wasserleitung, begnügte sich vielmehr damit, den kleinen Bach durch Spalten und Rinnen in die Bucht zu leiten, wobei zwar ziemlich viele Sprengungen, aber nur wenig Mauerungsarbeiten notwendig waren. In den folgenden Wochen arbeitete Edgar Allan an dem Stadtplane, während die anderen fünf kleinere, aber notwendige Arbeiten ausführten. Es war beschlossen worden, sofort nach der Fertigstellung von Allans Plänen an den Häuserbau zu gehen, und zwar sollten die Häuser in der Reihenfolge gebaut werden, in der die Gründer sich endgiltig zur Übersiedelung auf die Insel bereit erklärt hatten.

DIE Sonne war untergegangen, und schon wenige Minuten später umhüllte tiefe Nacht die Insel. Nur wenn eine Welle sich am Strande brach, leuchtete für eine Sekunde grünlich-weiß der Gischt auf.

Die Sieben lagen, des starken Nachttaues wegen in leichte Decken gehüllt, schweigend um das Feuer, das sie der Stimmung wegen entzündet hatten, und sahen zum strahlenden Sternenhimmel empor.

Keiner sprach ein Wort.

Viertelstunde auf Viertelstunde verrann; unbeweglich lagen

die Männer da, nur ihre Gedanken arbeiteten bei dem ewigen Rhythmus des Wellenschlages.

Endlich setzte Melchior sich auf. Mit zusammengezogenen Brauen starrte er vor sich hin, und das leise flackernde Feuer ließ seine scharfen Züge unheimlich erscheinen. Nach einer Weile hob er den Kopf und sagte zu Paul Seebeck:

»Herr Seebeck, darf ich auf jenes Gespräch zurückkommen, das wir vor mehreren Monaten in Berlin führten?«

Seebeck drehte sich halb herum und sah ihn fragend an. Seine Rechte spielte mit einigen Kieseln.

Melchior sagte:

»Unser Gespräch fing so an: ich fragte Sie, weshalb man nicht die Menschen ohne weiteres hier hersetzen könnte, damit sich die langsam entstehende Gemeinschaft selbst jenen absoluten Staat aufbaue, den wir hier künstlich schaffen wollen. Sie antworteten, daß die Menschen so vieles zu vergessen hätten, bevor sie reif würden, Sie gebrauchten das Wort Masseninstinkte – erinnern Sie sich noch?«

Paul Seebeck nickte. Nechlidow, der an der anderen Seite des Feuers lag, war aufgestanden und hatte sich dicht neben Melchior gesetzt. Dieser fuhr fort:

»Ich habe darüber nachgedacht und habe zunächst folgende Formel gefunden: Sie wollen die tierischen Masseninstinkte durch das menschliche Massenbewußtsein ersetzen.«

Paul Seebeck nickte und hörte auf, mit den Steinchen zu spielen. Nechlidow beugte sich mit offenem Munde und glänzenden Augen weit vornüber. Edgar Allan aber sagte gleichmütig im Hintergrunde:

»Glauben Sie denn wirklich, daß das geht? Wir, die etwas besonderes zu sagen haben, haben die Pflicht, uns die besten

Bedingungen zu schaffen, um das Betreffende zu sagen und können dann mit gutem Gewissen abtreten. Denn wir erleben doch nicht, daß die Masse uns versteht; in manchen Fällen geschieht es später – meistens wohl überhaupt nicht. Aber wir haben die Pflicht, das zu geben, was wir geben können, gleichgiltig, ob es genommen wird oder nicht. Auf die Masse warten können wir aber nicht. Dazu ist unsere Zeit zu kostbar. Wir müssen es ihr anheimstellen, ob sie uns nachhumpeln will oder nicht. Die Geschichte machen wir und nicht die Masse.«

Verlegenes Schweigen folgte diesen Worten. Seebeck griff wieder nach seinen Steinchen. Jakob Silberland sagte:

»Nein, Herr Allan, Sie begehen den Fehler, überhaupt einen Unterschied zwischen Führern und Masse zu konstruieren. Das geht nicht. Ich will damit nicht nur sagen, daß es sich hier nur um graduelle, niemals prinzipielle Unterschiede handeln kann, da es so unzählige Gebiete gibt, auf denen irgend jemand führt; soziale, politische, religiöse, literarische, vegetarische, alkoholgegnerische und weiß Gott noch was für Führer gehören auf jedem anderen Gebiete wieder zu der geführten Masse; es handelt sich also immer nur um eine partielle, niemals um eine absolute Führerstellung, und erst die Resultante aller dieser großen und kleinen Bewegungen stellt die Geschichte der Menschheit dar, sondern –«

Er stand auf und hob dozierend einen Finger:

»Daß die Mitglieder eines heutigen Staates vollständig, die Mitglieder der ganzen Menschheit zum großen Teile, dasselbe sind, was die einzelnen Teile eines Korallenriffs, die einzelnen Zellen im menschlichen Körper sind: Glieder eines größeren Individuums, die durch die Arbeitsteilung und die darin liegende Verzichtleistung auf universelle Tätigkeit, als Ganzes mehr zu vollbringen vermögen, als das Einzelwesen kann. Kurz und gut, wir leben eigentlich schon im sozialistischen Zukunftsstaate, nur daß die Staatsformen, der äußere Ausdruck der inneren Organisation, immer um einige hundert Jahre zurück sind, ebenso wie der jeweilige Stand der Orthographie immer die gesprochene Sprache vor einigen hundert Jahren darstellt. Alles Unglück kommt aus dieser Inkongruenz von Form und Inhalt – und die wollen wir ja hier abschaffen, indem wir die Staatsform einige hundert Jahre Entwicklung überspringen lassen und sie genau dem gegenwärtigen Stande der menschlichen Organisation anpassen.«

»Sind die Staatsformen wirklich im Rückstande?« mischte sich Herr von Rochow ins Gespräch. »Ich möchte lieber sagen, daß sie eine viel vorgeschrittenere, gleichsam idealisierte Menschheit voraussetzen. Denken Sie doch an das Institut der Ehe, das die Monogamie voraussetzt, die es doch praktisch so gut wie gar nicht gibt.«

Jetzt sprang Melchior auf und streckte flehend die Arme aus. Er rief: »Nicht mehr, ich flehe Sie an, heute Abend nicht mehr! Ich sehe jetzt, wo das Problem liegt – lassen Sie mir nur etwas Zeit!«

Verwundert und ein wenig gekränkt sahen die anderen ihn an. Seine Erregung war aber so echt, seine Stimme so flehend, dabei seine magere Gestalt im Feuerscheine so grotesk, daß sich der Ärger bald in Achtung und Mitleid verwandelte. Doch hätte die Situation peinlich werden können, hätte Otto Meyer sie nicht aufgelöst. Er sagte nämlich gemütlich:

»Ja, Kinder, was strengt ihr euch unnötig an, wenn Herr Melchior so liebenswürdig ist, alle Denkarbeit für uns zu übernehmen, und für die endgiltige Lösung aller Weltprobleme garantiert.«

Alle lachten; nur Melchior hatte nichts gehört. Mit gekrümmtem Rücken saß er da und starrte vor sich hin.

Nach einer kleinen Pause sagte Edgar Allan:

»Wir wollen also von der Theorie auf die Praxis übergehen. Ich bin nämlich heute mit meinem Stadtplan fertig geworden. Wir können morgen vielleicht einen kleinen Rundgang durchs Gelände machen, und ich kann Ihnen dann genau erklären, wie ich alles meine. Ich habe natürlich versucht, die Natur so genau wie möglich zu verstehen und sie ihrer eigenen Struktur entsprechend auszubauen. Die Stadt soll sich der Bildung der Felsen eng anschließen; sie darf ja kein Fremdkörper auf der Insel sein, sondern ein organischer Teil von ihr, ihre Blüte. Na, das sind ja Gemeinplätze«, sagte er aufstehend, »aber ich habe auch einige gute Ideen gehabt. In der Sohle unserer Mulde möchte ich die Hauptstraße haben, die alle Terrassen verbindet und dann vielleicht später weiter auf das Hochland geführt wird. Die achte große Terrasse – Sie wissen, die breite, hinter der die Steigung so viel steiler wird, so daß die Straße dort in starken Serpentinen weitergeführt werden müßte – möchte ich den öffentlichen Gebäuden vorbehalten, einem Volkshause für Versammlungen und ähnlichen Dingen.

Am Strande, in der Richtung auf die Irenenbucht zu, könnte eine einreihige Straße von Fischerhäuschen liegen; dort rechts, wo die Wand ziemlich steil ist, wäre nur Platz für einige, wenige Häuser. Das ist eine ganz ideale Stelle für Sonderlinge, die von dort aus höhnisch auf die Stadt hinabsehen wollen. Auf solche Käuze müssen wir ja auch vorbereitet sein. Vielleicht beschließt sogar einer von uns sein Leben dort.«

»Aber jetzt will ich Ihnen meine Hauptgedanken sagen, meine Herren«, fuhr er lebhaft fort. »Sehen Sie, der Bach wird auf absehbare Zeit hinaus für die Wasserzufuhr völlig ausreichen. Wir müssen aber den ganzen Fluß herunter bringen, denn dann können wir hier im Laufe einiger Jahre eine Vegetation schaffen, wozu die Natur viele hundert Jahre brauchen würde. Und das Überspringen von Zeiträumen ist ja unsere Hauptbeschäftigung hier. Die Sache läßt sich ausgezeichnet machen. Ich habe alles ganz genau geprüft. Der Fluß muß zunächst in das tiefe Becken geleitet werden, das auch sicher früher einen See beherbergt hat – falls Seebecks Theorie richtig ist, daß die Insel nur vorübergehend unter das Meer gesunken ist. Ebenso sicher ist natürlich auch diese Mulde das frühere Flußtal.

Der Wall, der das Becken gegen unser Tal abschließt, ist durchgängig höher, als der zum Meere. Besser könnte die Sache überhaupt nicht liegen, denn so hat das Staubecken ein natürliches Sicherheitsventil. Wir brauchen niemals eine Überschwemmung der Stadt zu befürchten, denn das überschüssige Wasser wird immer gleich ins Meer stürzen. Wir müssen nur ziemlich tief im Becken eine große Röhre anbringen, die den Wall in der Richtung auf die Stadt zu durchbohrt. Dann haben wir, unabhängig von dem jeweiligen Wasserstande des Staubeckens, einen gleichmäßigen Wasserstrom.

Oben, bei der Terrasse, die ich für die öffentlichen Gebäude reservieren will, soll sich der Fluß dann teilen. Der Hauptarm soll der Hauptstraße folgen; ich will aber unzählige, kleine Bäche von ihm ableiten, so daß fast jedes Haus an fließendem Wasser liegt. – Natürlich wird das Trinkwasser davon unabhängig in geschlossenen Röhren geleitet. – So gut wie alle Häuser werden ja auf kleinere oder größere Terrassen zu liegen kommen, also auf wagerechten Grund. Mit Hilfe des Wassers können wir nicht nur öffentliche Anlagen schaffen, sondern jedes Haus kann seinen Garten haben. Ich denke dabei nicht nur an die

Schönheit, sondern besonders an die Regulierung der Atmosphäre.

Wenn wir auf Kloaken verzichten und alle Abfälle den Gärten zugute kommen lassen, haben wir schon etwas; aber das genügt vorläufig nicht. Wir müssen vielmehr einen ganz energischen Anfang machen. Ich schlage einfach vor, irgend eine recht schwere, fruchtbare Lehmerde aus Australien hierher transportieren zu lassen und damit die Gartenflächen etwa einen Meter hoch zu bedecken. Wenn wir uns dann Bäume mit recht starken, tiefgehenden Wurzeln pflanzen, werden die dann schon eine allmähliche Lockerung des Bodens besorgen. Es gibt ja Bäume, die eigentlich nur einen Halt in einer dünnen Humusschicht brauchen, und ihre Kraft aus dem Felsen selbst ziehen: manche Nadelhölzer, auch Birkenarten. Das alles müßte natürlich mit einem großzügigen Gärtner besprochen werden.

Meine Skizzen zu den Häusern selbst werde ich Ihnen morgen zeigen. Ich glaube, jetzt den richtigen Stil gefunden zu haben. Ich habe eine stark betonte Horizontale mit flachen Kurven verschmolzen – na ja, das alles morgen.

Aber jetzt möchte ich noch etwas sagen: es ist ein schöner Gedanke, hier alles aus eigenen Kräften auszuführen; aber eigentlich ist es doch nur eine unpraktische Sentimentalität. Wir verschwenden Zeit und Kraft auf Dinge, die jeder Kuli machen könnte. Sollten wir nicht lieber einige hundert Arbeiter aus Sidney kommen lassen, um diese rein körperlichen Arbeiten für uns auszuführen? Dann kämen wir doch viel schneller vorwärts. Es ist nur ein Vorschlag –«

Nechlidow sprang auf:

»Nein, nein«, rief er. »Keine Kompromisse! Damit finge die Lüge an, die alles durchsetzen würde. Wir müssen unseren

Prinzipien treu bleiben. Solche scheinbar – und nur scheinbar – praktische Erwägungen haben die große Unwahrheit in die Welt hineingebracht. Wenn unser Leben hier einen Zweck hat, so ist es der, zu beweisen, daß das strenge Festhalten am großen Gedanken, am Menschheitsgedanken auch praktisch am weitesten führt.«

»Ich erlaubte mir nur einen Vorschlag«, antwortete Edgar Allan höflich. »Da er auf Widerspruch stößt, ziehe ich ihn hiermit zurück.«

Das Feuer war bei Allans Rede langsam zusammengesintert; jetzt war es nahe am Verlöschen, aber niemand dachte daran, es wieder anzufachen. In ihre Decken gehüllt, lagen die Sieben schweigend da und sahen zum glänzenden Sternenhimmel empor.

ALS der Tag sich jährte, an dem die sieben Gründer die Insel betreten hatten, lag die »Prinzessin Irene« in vollem Flaggenschmuck vor der Bucht. Als die Hochflut kam und die Klippen bedeckte, schleppten die beiden zierlichen Dampfbarkassen schwere Boote mit Menschen und Hausgerät ans Land. Auf der improvisierten Landungsbrücke standen Paul Seebeck und Melchior und begrüßten die Ankömmlinge, während die anderen Fünf eifrig damit beschäftigt waren, ihnen Unterkunft in den großen Schuppen und Zelten zu bereiten, die zu diesem Zwecke errichtet waren. Denn die Häuser mußten ja erst gebaut werden und zwar in derselben Reihenfolge, in der die endgiltigen Erklärungen eingelaufen waren.

Dreihundertfünfzig erwachsene Personen trafen an diesem Tage ein: tüchtige Handwerker mit gesetzten Gesichtern, Kaufleute, die aus irgend einem Grunde nicht vorwärts gekommen waren und nicht wenige unbestimmbaren oder unsicheren Berufes, die erst hier ihr wirkliches Vaterland wußten. –

Es ergab sich von selbst, daß die sieben Gründer nicht mehr wie früher selbst Hand an alle Arbeit legen konnten: Organisation und Leitung nahm ihre Zeit und ihre Kräfte völlig in Anspruch. Hauptmann a. D. von Rochow übernahm die Leitung beim Bau der Straße und der öffentlichen Anlagen; Edgar Allan hatte Tag und Nacht als Architekt zu tun; Otto Meyer hatte einen Teil von Jakob Silberlands Tätigkeit übernommen, der nur noch die Rechnungssachen versah, und Paul Seebeck hatte mit der Oberleitung und persönlicher Inanspruchnahme durch die Kolonisten mehr als genug zu tun. Nechlidow und Melchior wären den andern als Assistenten willkommen gewesen; beide erklärten aber ein für allemal, daß sie einfache Arbeiter bleiben wollten.

Bei der fieberhaften Tätigkeit entstand schnell Haus auf Haus, und froh vertauschte man Schuppen oder Zelt mit dem festen Dache. Damit wurden auch immer mehr Kräfte frei, so daß in immer größerem Maßstabe an den Straßen und den öffentlichen Gebäuden gearbeitet werden konnte. Die Wasseranlage wurde nach Edgar Allans Plänen durchgeführt, und die Dampfer der »Australisch-Neu-Seeländischen Transportgesellschaft« mußten halbwöchentlich verkehren und konnten doch kaum die Masse des benötigten Materials bewältigen.

Jedesmal, wenn die »Prinzessin Irene« vor der Bucht hielt, brachten ihre Boote Dutzende von neuen Ansiedlern auf die Insel.

Als das Jahr verflossen war, stand die Stadt da.

AUF den amphitheatralisch ansteigenden Bänken in der großen, flachgewölbten Halle des Volkshauses saßen dreihundertfünfzig Männer und Frauen und hinter ihnen drängten sich wohl zweihundert auf den Tribünen. An einem langen Tische auf einem kleinen Podium im Brennpunkte des Kreisbogens saßen die sieben Gründer.

Nicht zum ersten Male waren die Glieder der Gemeinschaft hier versammelt; aber doch zeigten alle Gesichter einen seltsamen Glanz. Vor zwei Jahren hatten an diesem Tage die sieben Gründer die Insel betreten, und heute waren dreihundertfünfzig Männer und Frauen vollberechtigte Bürger geworden. Sie waren heute hier versammelt, um zum ersten Male ihre Rechte auszuüben.

Paul Seebeck erhob sich von seinem Stuhle, und sofort trat atemlose Stille ein. Er richtete sich hoch auf, warf einen langen Blick über die Versammlung und lächelte glücklich. Dann sagte er:

»Meine Damen und Herren!

Im Namen meiner Freunde heiße ich Sie hier willkommen! In der gemeinsamen Arbeit dieses Jahres haben wir Werte geschaffen, die uns und unsere Enkel überdauern werden. Wir danken Ihnen für Ihre treue Mitarbeit.

Bis jetzt sind wir sieben Ihre Führer gewesen, nicht aus Hochmut oder Herrschsucht, sondern nur, weil wir anfangs eine größere Sachkenntnis hatten.

Jetzt legen wir unsere Mandate in Ihre Hände. Sie mögen prüfen, was Sie von den Bestimmungen, die wir getroffen haben, beibehalten wollen und was nicht. Vorbehaltlos übergeben wir Ihnen unsere Rechte und Pflichten.

Bevor wir in die Verhandlungen eintreten, müssen wir einen

Vorsitzenden haben. Als den in solchen Dingen gewandtesten erlaube ich mir, Herrn Dr. Silberland vorzuschlagen. Es wird kein anderer Vorschlag laut – also bitte ich Herrn Dr. Silberland, den Vorsitz dieser Versammlung zu übernehmen.«

Ein erstauntes und verschwommenes Gemurmel wurde laut, als die sechs vom Podium herunterschritten und auf der vordersten Bank Platz nahmen.

Jakob Silberland war der Situation durchaus gewachsen; er gab ein kurzes Glockenzeichen und sagte:

»Sie werden mir ein Wort des Dankes an Herrn Seebeck erlauben. Ich weiß, daß ich im Sinne der ganzen Versammlung spreche, wenn ich sage: in diesem Augenblicke, wo Herr Seebeck aufgehört hat, unser offizieller Führer zu sein, wollen wir ihm versichern, daß er immer und ewig unser geistiger Führer bleiben wird. Denn wir wissen alles, was wir ihm schulden: seine Initiative, seine Energie, sein praktischer Blick, sein Glaube an den Menschen haben die Errichtung des stolzen Werkes ermöglicht, das wir hier vor uns sehen. Und wenn wir alle längst im Grabe liegen, wird der Name Paul Seebeck für immer mit goldenen Buchstaben im Buche der Menschheit stehen.«

Zögernd hatten sich die Versammelten erhoben; Paul Seebeck war sitzen geblieben und starrte in tötlicher Verlegenheit vor sich hin. Jakob Silberland sah einen Augenblick lang auf die stehende Versammlung und wußte augenscheinlich nicht recht, was er mit ihr anfangen sollte. Hilfesuchend sah er Otto Meyer an, der nur mit größter Mühe ein Lachen herunterschluckte. Herrn von Rochows Gesicht strahlte. Er ging zu Paul Seebeck und drückte ihm die Hand.

Plötzlich bekam Jakob Silberland einen rettenden Gedanken; er griff zur Glocke, läutete kurz und sagte, während die Versammlung sich geräuschvoll wieder setzte:

»Ich ersuche jetzt Herrn Seebeck als ersten, einen Überblick über die verflossenen zwei Jahre zu geben.«

Paul Seebeck trat mit einigen schnellen Schritten auf das Podium und sagte:

»Was hier geschehen ist und was wir hier wollen, wissen Sie ja alle, und ich brauche nicht mit feierlichen Worten darauf einzugehen. Was ich getan habe, glaube ich verantworten zu können.

Nur auf einen Punkt möchte ich hinweisen: ich bin, wie Sie ja alle wissen, Reichskommissar mit den Rechten und Pflichten eines solchen. Ich habe aber vom Reichskolonialamt die Ermächtigung erwirkt, mein Amt einem andern, das heißt, meinem jetzt zu wählenden Nachfolger zu übertragen. Sobald die Wahl vor sich gegangen ist, werde ich es tun. Ich deponiere hier beim Vorsitzenden der Versammlung eine unterzeichnete und datierte offizielle Benachrichtigung an das Reichskolonialamt, wo nur noch der Name des neuen Reichskommissars auszufüllen ist.«

Er verbeugte sich kurz und ging zu seinem Platze zurück.

Jakob Silberland gab ein Glockenzeichen und sagte:

»Da ich jetzt selbst das Wort ergreifen möchte, um über die Verwaltung der öffentlichen Gelder Rechenschaft abzulegen, bitte ich um Erlaubnis, den Vorsitz so lange an Herrn Referendar Meyer abzutreten. – Da kein Widerspruch erfolgt, tue ich es hiermit. – Herr Referendar, darf ich bitten.«

Otto Meyer schritt gravitätisch auf das Podium und flüsterte Jakob Silberland zu:

»Na, Sie werden staunen: zunächst werde ich mal die ganze Zeit durch bimmeln, dann kriegen Sie drei Ordnungsrufe, und ich fordere Sie auf, den Saal zu verlassen.«

Jakob Silberland sah ihm erschreckt ins Gesicht:

»Um Gotteswillen –«

Er kam nicht weiter, denn Otto Meyer läutete und sagte:

»Herr Dr. Jakob Silberland hat das Wort.«

Jakob Silberland suchte stehend allerhand Papiere zusammen, die auf dem Tische lagen und sagte:

»Ich kann jetzt natürlich nur in großen Zügen ein Bild von der finanziellen Lage geben; ich werde Sie später bitten, eine Kommission zu wählen, um meine Bücher in allen Einzelheiten nachzuprüfen.

Wir sind, wie Sie wissen, mit einer dreiprozentigen inneren Anleihe in der Höhe von einer Million Mark belastet. Dieses Geld hat uns, solange es noch teilweise auf der Bank lag, einen Zinsenüberschuß von zehntausendachthundertdreiundfünfzig Mark und einundsiebzig Pfennigen gebracht.

Wir haben zweihundertachtunddreißig Schildkröten verkauft. Sie wissen ja, daß wir nach dem Urteile der Sachverständigen dazu gezwungen waren, da der Platz für die Tiere nicht ausreichte, und sie sonst einfach fortgewandert wären. Dafür haben wir die Summe von fünf Millionen, achthundertsechsundvierzigtausend siebenhundert und einundzwanzig Mark und elf Pfennigen eingenommen. Wir hatten also sechs Millionen achthundertsiebenundfünfzigtausend fünfhundertvierundsiebzig Mark zweiundachtzig Pfennig bares Geld zur Verfügung.

Unsere Ausgaben waren folgende: Gehälter: abzüglich der Mietsbeträge eine Million siebenhundertachtunddreißigtausend fünfhunderteinundzwanzig Mark. Hausbau: drei Millionen achthundertsiebenundfünfzigtausend einhundertachtundsechzig Mark und zweiundvierzig Pfennige. Straßenbau, Anlage des Bewässerungssystems, Trinkwasserleitung, Hafenanlagen, Erde haben zusammen zwei Millionen, sechshunderttausend vierhundertachtundneunzig Mark sieben Pfennige gekostet. Verschiedenes kostete zusammen zweihundertachttausend neunhundertdreizehn Mark, neunundzwanzig Pfennige. Unsere gesamten Ausgaben betrugen also: acht Millionen, vierhundertfünftausend einhundert Mark und achtundsiebzig Pfennige. Wir schließen diese zweijährige Periode mit einem Defizit von anderthalb Millionen, siebenundvierzigtausend fünfhundertfünfundzwanzig Mark und sechsundneunzig Pfennigen ab.

Hierzu ist zu bemerken, daß wir dieses Defizit ja jeden Tag aus der Irenenbucht decken können; vielleicht sind wir sogar gezwungen, noch hundert Schildkröten herauszunehmen, um einen geordneten Zuchtbetrieb möglich zu machen. Dann, daß wir in diesen zwei Jahren einen großen Teil der Stadtanlage ausgeführt haben, so daß wir in der Zukunft nur einen geringen Posten dafür aufzuwenden haben werden. Dann, daß das für den Hausbau aufgewendete Geld sich mit neun Prozent verzinst. Die jährliche Miete beträgt zwar zehn Prozent der Baukosten, doch stellen wir ein Prozent für einen Reparaturfond zurück. Trotz dieses Defizits ist unsere finanzielle Stellung also sehr günstig.«

Jakob Silberland setzte sich, und Otto Meyer verließ das Podium. Im Hinunterschreiten flüsterte er Jakob Silberland zu:

»Bis an mein Lebensende werde ich nicht begreifen, weshalb ich hier heraufkrabbeln mußte. Aber wundervoll war es da oben.«

Jetzt erhielt Edgar Allan das Wort. Er kniff die Lippen zusammen und blickte über die Köpfe der Versammlung weg. Er sagte:

»Was ich gemacht habe, kann jeder Mensch sehen; ich hoffe, den hier vorherrschenden Geschmack getroffen zu haben. Jedenfalls habe ich alles getan, was in meinen Kräften stand.«

Jakob Silberland stand auf, gab wieder ein Glockenzeichen und sagte:

»Wünscht jemand aus der Versammlung das Wort? – Nicht? – Dann können wir zur Wahl schreiten. Hierzu ist zu bemerken, daß sich bis jetzt die Notwendigkeit von fünf Ämtern ergeben hat und zwar der folgenden: eines Vorstehers der Gemeinschaft, eines Schriftführers, eines Geschäftsführers, eines Architekten und eines Leiters der öffentlichen Anlagen. Zunächst wäre die Frage zu entscheiden, ob diese Ämter in der bisherigen Form weiterbestehen sollen. Weiterhin kann ich mitteilen, daß die bisherigen Inhaber dieser Ämter die bisher geltenden Bestimmungen zusammengefaßt haben. Ihre Nachfolger hätten dazu Stellung zu nehmen und ihre eventuellen Änderungsvorschläge der Versammlung zu unterbreiten. Ich erlaube mir daher, folgende Geschäftsordnung vorzuschlagen: zunächst erfolgt die Feststellung der Ämter, dann die Wahlen zu ihnen. Die so gewählten neuen Beamten hätten Stellung zu den bisherigen Gesetzen zu

64

nehmen und ihre eventuellen Änderungsvorschläge einer späteren Versammlung zur Beschlußfassung zu unterbreiten. Schlägt jemand eine andere Geschäftsordnung vor? – Nicht? – Dann schreiten wir zu Punkt eins: Debatte über die bisherigen Ämter. Wer wünscht das Wort hierzu?«

Jetzt erhob sich endlich im Hintergrunde ein Mann und sagte grob:

»Ich meine, daß alles gut war, wie es war, und daß dieselben Herren oben bleiben sollen, denn die verstehen es doch am besten.«

Aller Augen hatten sich dem Redner zugewandt, der sich jetzt die Stirn eifrig mit einem roten Taschentuche rieb.

Jakob Silberland mußte zweimal läuten, bis das beifällige Gemurmel verstummte; dann sagte er:

»Der verehrte Herr Vorredner hat sich gleich zu den zwei ersten Punkten der Tagesordnung geäußert, und zwar schlägt er Beibehaltung der alten Ämter und Wiederwahl der bisherigen Beamten vor. Ist die Versammlung damit einverstanden, daß diese beiden Punkte gemeinsam behandelt werden?«

Jetzt kam Leben in die Versammlung, und von allen Seiten ertönten Beifallsrufe und Zustimmungsäußerungen. Da richtete Jakob Silberland sich stolz auf und sagte:

»Die ganz überwiegende Mehrheit wünscht die gemeinsame Behandlung beider Punkte. Ich stelle also den Vorschlag des Vorredners zur Abstimmung, die bisherigen Beamten zu ihren bisherigen Ämtern wieder zu wählen.«

Jetzt wich die Schüchternheit von der Versammlung. Die Beifallsrufe bekamen einen fast animalischen Charakter. Es wurde geschrieen, geklatscht und getrampelt.

65

Edgar Allan beugte sich zu Paul Seebeck und flüsterte ihm zu:

»Sehen Sie, wie sie bei dem Gedanken aufleben, wieder unter die Peitsche zu kommen. Wie ein Alp hat die Vorstellung auf ihnen gelastet, daß sie frei wären.«

Paul Seebeck seufzte und schwieg.

Endlich war es Jakob Silberland gelungen, mit seiner Glocke den Lärm zu übertönen. Sein Gesicht strahlte vor Freude und Stolz.

»Ich bitte diejenigen aufzustehen, die gegen den Vorschlag sind«, sagte er lächelnd. Und ebenfalls heiter lächelnd blieb die Versammlung sitzen.

Auf einen Wink von Jakob Silberland kamen Paul Seebeck, Edgar Allan, Otto Meyer und Herr von Rochow wieder auf das Podium. Paul Seebeck begann mit niedergeschlagenen Augen zu sprechen:

»Im Namen der anderen Herren danke ich Ihnen für Ihr Vertrauen. Die von dem Vorsitzenden vorgeschlagene und von Ihnen angenommene Geschäftsordnung bestimmt als nächsten Punkt die Vorlegung der bis jetzt bestehenden Gesetze samt unseren Vorschlägen. – Da wir der Lage der Dinge nach nicht nötig haben, uns mit dem fraglichen Materiale erst bekannt zu machen, können wir das jetzt gleich erledigen und brauchen keine spätere Versammlung dazu.«

Jakob Silberland reichte ihm einige Papiere. Paul Seebeck blätterte etwas in ihnen und sah dann auf:

»Ich will mir erlauben, das folgende Exposé vorzulesen, das wir sieben Gründer gemeinsam ausgearbeitet haben. Ich bitte, Änderungsvorschläge sofort vorzubringen, damit das, was unwidersprochen bleibt, als genehmigt angesehen werden kann. Ich möchte mir vorbehalten, in einigen Vorträgen oder in anderer Form die Gesetze vom rein-menschlichen Standpunkte aus zu erläutern – hier mögen sie rein praktisch angesehen werden.«

Er schwieg einen Augenblick; dann hob er ein Blatt in die Höhe und las:

»Die Gesetze der Gemeinschaft auf der Schildkröteninsel. – Erstens: Die Schildkröteninsel ist ein Teil des deutschen Kolonialbesitzes. Der jeweilige Vorsteher der Gemeinschaft auf der Schildkröteninsel ist in seiner Eigenschaft als Reichskommissar dem Staatssekretariat der Kolonien des Deutschen Reiches verantwortlich.

»Es ist dies nur eine Formsache«, erläuterte er aufblickend, »unter der selbstverständlichen Voraussetzung, daß der jeweilige Reichskommissar nichts gegen die Interessen des deutschen Reiches unternimmt, hat er ja – vom Reiche aus – unbeschränkte Vollmacht.

Zweitens: Nach einjährigem Aufenthalte erhält jeder Ansiedler und jede Ansiedlerin über einundzwanzig Jahre volles Bürgerrecht.

Drittens: Die Versammlung aller Bürger erläßt alle Gesetze, besetzt Ämter, bestimmt Ausgaben und Einnahmen der Gemeinschaft; sie faßt alle Beschlüsse mit einfacher Stimmenmehrheit.

Viertens: Der Gemeinschaft gehören folgende Dinge, die nie Privatbesitz werden können: der Grund und Boden mit Gebäuden, Gärten, Straßenanlagen, Wasser und Mineralien, dazu der Tierbestand der Irenenbucht. Häuser und Gärten, die dem Privatgebrauche bestimmt sind, werden verpachtet, wobei die jährliche Pacht zehn Prozent von den Bau- und Anlagekosten beträgt. Die Instandhaltung erfolgt auf

Kosten der Gemeinschaft. Die Pacht ist unkündbar, solange der Pächter seinen Verpflichtungen nachkommt.

Fünftens: Alle Beamten und Arbeiter der Gemeinschaft beziehen ein jährliches Gehalt von fünftausend Mark und werden auf mindestens ein Jahr angestellt.

Sechstens: Schule, Krankenpflege, Alters- und Arbeitsunfähigkeitsunterstützung ist Sache der Gemeinschaft.

Siebentens: Jeder Bürger hat das unbeschränkbare Recht der freien Meinungsäußerung. –

Achtens –«

Er hielt einen Augenblick inne und sah auf die Versammlung, die sich ganz still verhielt. Dann legte er die Papiere auf den Tisch und sagte:

»Heute muß ein Schritt von großer Bedeutung unternommen werden. Bis jetzt sind wir alle Beamte gewesen; von heute ab ist es weder notwendig, noch wünschenswert. Wir brauchen vorläufig nur etwa ein Drittel der bisherigen Arbeitskräfte für den Dienst in der Gemeinschaft; die anderen zwei Drittel können sich jetzt freie Berufe ergreifen. Diejenigen, die auf ein weiteres Jahr im Dienste der Gemeinschaft stehen wollen, können sich später bei unserem Schriftführer, Herrn Otto Meyer, melden.«

Er sah mit leuchtenden Augen geradeaus:

»Ich bin kein Freund der Phrase. Aber ich darf wohl sagen, daß der heutige Tag in der Geschichte der Menschheit unvergeßlich bleiben kann. Helfen Sie mir dazu.«

Und die Verhandlungen nahmen ihren Fortgang.

AM Abend desselben Tages standen die sieben Gründer auf dem Balkon von Paul Seebecks Haus und sahen auf die Stadt hinunter. Wie leuchtende Perlenschnüre zogen sich die Reihen der Straßenlaternen durch das samtne Dunkel und zeigten hier deutlich, dort verschwommen die Silhouetten der Häuser. Und diese wiederum warfen aus ihren Fenstern einige scharfe und harte Lichtbündel in die Nacht.

»Unsere Gründung«, sagte Herr von Rochow und bewegte wie segnend die Arme, »unser großes Kind, das wir geboren haben, und das so traut und doch wieder so fremd dort unter uns liegt. Ein eigener, lebendiger Körper.«

»Und was sind wir in diesem Körper?« fragte Paul Seebeck, die Arme über der Brust verschränkt haltend.

»Doch wohl das Gehirn«, sagte Nechlidow ruhig.

»Und eben so fremd dem Körper, wie das Gehirn dem menschlichen Körper, der seine eigenen Wege geht, ohne sich um sein Gehirn zu kümmern«, fügte Edgar Allan hinzu.

Melchior griff sich mit der Linken an die Stirn.

»Der Körper lebt nach eigenen Gesetzen, kümmert sich nicht um das Gehirn, und die Menschheit ein Körper, ein lebendiger Körper, mit eigener Seele«, murmelte er. »Da liegt es ja!« schrie er auf.

Otto Meyer schlug ihn begütigend auf die Schulter:

»Nehmen Sie die Sache nur mit Ruhe. Sie brauchen die Welträtsel noch nicht heute abend zu lösen. Lassen Sie sich noch einige Tage Zeit. Die übrige Menschheit hat ja einige Tausend Jahre über sie nachgedacht, ohne sie zu lösen.«

Melchior sah dem Spötter ins Gesicht. Am ganzen Leibe vor

Erregung zitternd, sagte er:

»Nicht die Welträtsel; aber das Problem des Menschen. Ich sehe jetzt, wo es liegt, sehe es klarer und klarer.«

GABRIELE, jetzt brauche ich Sie. Helfen Sie mir, die Menschen zur Freiheit zu erziehen. Sie wollen das Bewußtsein der Freiheit haben, aber wagen nicht, sie zu gebrauchen.

Ich glaubte, die Elite der Menschen hier zu versammeln; ich sah die starken, freien Gesichter, die kühnen, rücksichtslosen Augen – und setzt man sie zusammen, wärmen sie sich wie eine Herde Schafe aneinander.

Und wir sieben stehen draußen, unverstanden und unverstehend.

Kommen Sie, die Mutter, kommen Sie und seien Sie ein Bindeglied zwischen uns und jenen, zwischen unserem Werke und unseren Gedanken.

Seebeck.

TROTZ des Regens war Paul Seebeck in seinem Motorboote zur »Prinzessin Irene« hinausgefahren, um Frau von Zeuthen noch am Deck zu begrüßen.

Im Rauchsalon des Dampfers erwartete sie ihn mit ihren Kindern. Alle drei waren schon im Mantel.

Als sie sich begrüßt und eine halbe Stunde zusammen geplaudert hatten, sagte Frau von Zeuthen:

»Ich habe Ihnen wieder einen Menschen mitgebracht. Seien

Sie lieb zu ihm, dann wird er wertvoll für Sie und Ihr Werk sein. – Felix, bitte Herrn de la Rouvière herzukommen.«

Felix sprang hinaus. Paul Seebeck erhob sich und blieb erwartungsvoll stehen. Unwillkürlich zuckte er aber zusammen, als er Herrn de la Rouvière sah, denn dieser war ein Krüppel. Er war nicht größer wie ein achtjähriger Knabe und hatte auch das Gesicht eines solchen. Seine Beine waren dick und kurz, seine Arme und die schwarzbehaarten Hände aber wohl noch größer, als die eines erwachsenen Mannes. Er blieb bescheiden im Türrahmen stehen.

Frau von Zeuthen sagte:

»Seine Vorfahren hat der Pöbel aus Frankreich vertrieben, und derselbe Pöbel machte dem Urenkel das Leben in Deutschland unmöglich. Nur hat er sich andere Waffen gewählt, die aber nicht weniger verletzen. Bei Ihnen sucht er eine Heimat, Seebeck!«

Seebeck trat auf ihn zu und reichte ihm die Hand, die der Krüppel fast schmerzhaft fest drückte:

»Seien Sie hier willkommen«, sagte er herzlich und sah ihm gerade ins Gesicht. Aber sein Lächeln erstarrte, als er in de la Rouvières Augen blickte. Sie schienen ihm plötzlich einen fast tierischen Ausdruck von Hunger zu bekommen. Aber im nächsten Augenblicke war dieser Ausdruck verschwunden, und der Krüppel stand wieder so bescheiden wie vorher da.

Im Augenblick vermochte Paul Seebeck nicht mehr mit ihm zu sprechen; er wandte sich daher an Frau von Zeuthen, die zusammen mit ihren Kindern etwas in den Hintergrund getreten war, und sagte:

»Darf ich Ihnen ein Amt anbieten, Gabriele? Ich kann doch wohl voraussetzen, daß Sie sich auch in äußerem Sinne nützlich machen wollen?«

Frau von Zeuthen trat lächelnd heran:

»Ich habe noch nie in meinem Leben ein Amt verwaltet. Vielleicht kann ich es hier. Wozu wollen Sie mich denn machen?«

»Zur Archivarin«, sagte Paul Seebeck. »Bis jetzt hat die Sekretärin, die ich mir habe geben lassen, auch das Archiv verwaltet. Aber die Arbeit wird ihr zu viel, und außerdem paßt sie nicht recht dazu.«

Gabriele dachte einen Augenblick nach; dann sagte sie:

»Ich danke Ihnen und freue mich auf diese Arbeit. Ich kann jetzt nur unklar sehen, worin sie besteht, und die Dame wird mich erst in die Einzelheiten einführen müssen. Ich stelle es mir schön vor, im stillen Zimmer zu sitzen und das unbegreiflich große und bunte Leben durch die festen Formen zu ahnen, in denen es sich grob und kalt niedergeschlagen hat.«

Paul Seebeck nickte ihr zu. Dann wandte er sich an Herrn de la Rouvière:

»Und wie denken Sie sich Ihre Zukunft hier? Wünschen Sie einen freien Beruf zu ergreifen, oder denken Sie an ein Amt?«

»Darf ich meine Zukunft nicht in Ihre Hände legen, Herr Seebeck?« antwortete der Krüppel und sah ihn treu und gut an.

»Wenn Sie mir soviel Vertrauen schenken wollen«, erwiderte Paul Seebeck und sah ihm gerade ins Gesicht.

»Aber was soll ich machen, Paul?« sagte Hedwig und ergriff einschmeichelnd seine Hand.

»Du? Ich glaube, wir werden dich als Kindergärtnerin brauchen können; unser Erziehungswesen liegt überhaupt recht im argen und muß erst gründlich organisiert werden«, fügte er, zu Frau von Zeuthen gewandt, erläuternd hinzu. Dann sah er sich nach Felix um; aber dieser sagte nichts, starrte ihn aber mit seinen großen, glänzenden Augen unverwandt an.

Frau von Zeuthen brach das sekundenlange Schweigen:

»Wie steht's aber um die Dienstboten?«

»Dafür haben wir gesorgt; die jungen Leute zwischen sechzehn und einundzwanzig sind verpflichtet, sich irgendwie nützlich zu machen. Unsere jungen Damen sind Dienstmädchen, Krankenpflegerinnen oder Kinderfräuleins, die Jungen sind Laufburschen oder Hilfsarbeiter. Dafür bekommen sie etwas Taschengeld. Sie sehen, wir haben auch unsere allgemeine Wehrpflicht. Dispens wird nur erteilt, wenn Lust und Begabung zu selbständiger Tätigkeit vorliegt.«

»Und was machen Sie mit Ihren Verbrechern, Seebeck?« fragte Frau von Zeuthen wieder.

»Verbrechen sind noch nicht vorgekommen und werden wohl auch nie vorkommen. Einige geringfügige Übertretungen haben wir mit Geldstrafen belegt. – Dagegen haben wir »bürgerliche Rechtsstreitigkeiten«, wie Otto Meyer sich ausdrückt, in überraschend großer Anzahl, und da standen wir vor einer Schwierigkeit. Es war eine starke Stimmung vorhanden, ein Gesetzbuch auszuarbeiten, oder wenigstens einen unserer Juristen als Richter einzusetzen. Ich wollte natürlich nicht ein starres, eiskaltes Gesetzbuch in unser flutendes Leben werfen, und ebensowenig einen unserer, in ihrem Fach trotz allem verknöcherten Juristen anstellen. Schließlich setzte ich durch, daß die

Monatsversammlungen alle Streitigkeiten durch Beschluß entscheiden.«

Frau von Zeuthen nickte und schwieg. Dann fragte sie:

»Wo sollen wir eigentlich wohnen?«

»Oh, dafür habe ich gesorgt,« antwortete Paul Seebeck schnell. »Ich habe Ihnen ein fünfzimmriges Haus reservieren lassen; wenn es Ihnen nicht gefällt, baue ich Ihnen ein anderes. Ich erlaubte mir, die ordnungsgemäße Reihe etwas zu durchbrechen«, fügte er lächelnd hinzu.

Frau von Zeuthen drohte scherzend mit dem Finger:

»Ihr Prinzip haben Sie durchbrochen? Diese Schandtat hätte ich Ihnen nicht zugetraut.«

»Durfte ich Ihretwegen nicht eine Ausnahme machen?« gab Paul Seebeck zurück.

»Aber was werden die andern dazu sagen?«

»Die andern? Ach Gott, Gabriele, die Verwaltung bringt es mit sich, daß wir so viele Dinge selbständig machen müssen – nachträglich wird dann alles gut geheißen.«

»Aber doch nicht, wenn Sie die grundlegenden Prinzipien verletzen.«

»Doch nur den Buchstaben, nicht den Sinn. – Ich scheue mich nicht ein Prinzip zu verletzen, wenn ich mir dadurch endlose Umwege spare und auf kürzerem Wege gerade das Ziel, den Sinn jenes Prinzips erfülle.«

»Aber betreten Sie damit nicht einen gefährlichen Boden? Wäre es nicht vielleicht doch besser, jene Umwege zu machen?«

»Nicht so lange ich so genau weiß, was ich will, und so klar

74

mein Ziel vor Augen sehe. – Und hier liegt die Sache ja so klar: Ihre Mitarbeit ist für uns alle so ungeheuer wichtig, daß es meine Pflicht ist, Ihnen so schnell wie möglich volle Arbeitsmöglichkeit zu schaffen. Ob Fischer Petersen einige Wochen länger in der Baracke leben muß, erscheint mir, dagegen gehalten, als von geringerer Bedeutung.«

»Wenn aber Fischer Petersen sein Recht verlangt?«

»Wenn er es doch täte, Gabriele! Helfen Sie mir, ihn dazu zu erziehen! Und auch Sie, Herr de la Rouvière, müssen mir dazu helfen.«

»FRÄULEIN Erhardt«, meldete das Dienstmädchen, und Frau von Zeuthen erhob sich vom Divan, auf dem sie in halb liegender Stellung ein Buch gelesen hatte.

Ein dunkellockiges Mädchen mit schwarzen, träumerischen Augen trat ein. Sie trug ein loses Reformkleid, das den Hals frei ließ. Unter dem Arme hatte sie eine schwarze dicke Aktenmappe, die einen ungraziösen Widerspruch zu der lieblichen Erscheinung des Mädchens darstellte.

»Gnädige Frau«, sagte sie und sank halb in die Knie.

Frau von Zeuthen war auf sie zugetreten, hatte sie bei der Hand ergriffen und fragte erstaunt:

»Sind Sie wirklich Herrn Seebecks Privatsekretärin?«

»Gewiß«, antwortete Fräulein Erhardt. »Schon seit drei Monaten.«

Frau von Zeuthen nahm ihr die Aktenmappe ab und legte diese auf einen Tisch. Dann bat sie Fräulein Erhardt, im tiefen Ledersessel Platz zu nehmen, setzte sich selbst auf den Divan und lehnte sich halb zurück.

»Erzählen Sie«, sagte sie dann.

»Ich habe nicht viel zu erzählen, gnädige Frau«, sagte Fräulein Erhardt. »Wie manche andere kam ich mit vielen unklaren Erwartungen und Hoffnungen hierher. In den ersten Tagen fühlte ich mich recht unglücklich hier in all der Geschäftigkeit und wußte gar nicht, was ich selbst beginnen sollte. Da verlangte Herr Seebeck von der Gemeinschaft eine Privatsekretärin – die anderen Herren hatten schon längst irgendwelche Hilfe bekommen – und ich meldete mich zu der Stellung. Das ist alles, gnädige Frau«, sagte sie und strich ihr Kleid glatt.

»Und wie war es in Ihrer Stellung?« fragte Frau von Zeuthen.

Über Fräulein Erhardts bleiches Gesicht glitt etwas Farbe. Sie sagte lebhaft:

»Es ist wunderschön, mit Herrn Seebeck zusammenzuarbeiten. Nur verlangt er von den anderen Menschen ebensoviel wie von sich selbst. Und so viel Wissen und Arbeitskraft hat doch kein anderer Mensch.«

Die Tür wurde aufgerissen, und naß und zerzaust stürmte Felix herein.

»Weißt du Mutter, was Paul Herrn de la Rouvière vorgeschlagen hat? Er soll hier eine Zeitung gründen und außerdem die Protokolle der Versammlungen führen.«

»Schön, schön mein Junge«, sagte sie aufstehend. Erst jetzt gewahrte Felix Fräulein Erhardt, die gleichfalls aufgestanden und etwas zurückgetreten war. Er wurde glühend rot im Gesicht.

Frau von Zeuthen legte ihm den Arm um die Schulter und führte ihn Fräulein Erhardt zu.

»Mein Sohn Felix«, sagte sie.

Felix verbeugte sich ungeschickt und reichte Fräulein Erhardt die Hand, die jene einen Augenblick lang festhielt.

»Entschuldigen Sie, ich hatte Sie nicht gesehen«, sagte er.

Fräulein Erhardt schüttelte langsam den Kopf:

»Das tut nichts«, sagte sie und sah Felix mit ihren großen, schwarzen Augen an.

Frau von Zeuthen sah die Beiden aufmerksam an; dann wandte sie sich dem Tisch zu, auf den sie die Aktenmappe gelegt hatte, und sagte:

»Willst du etwas bei uns bleiben, mein Junge? Fräulein Erhardt und ich haben allerlei zu besprechen, was dich wohl auch interessiert. Sie will mich in meinen neuen Beruf als Reichsarchivarin einführen.«

»Bleiben Sie doch, Herr von Zeuthen«, sagte Fräulein Erhardt bittend, und Felix setzte sich bescheiden in eine Ecke.

Fräulein Erhardt aber öffnete die Aktenmappe und erklärte Frau von Zeuthen, wie sie das Archiv bisher verwaltet hatte.

IN der nächsten Sitzung der Vorsteherschaft brachte Paul Seebeck auch die Schulfrage zur Sprache und legte einen Schulplan vor, den er gemeinsam mit Frau von Zeuthen ausgearbeitet hatte. Die anderen fanden nur wenig daran auszusetzen, und bald hatte der Plan die Form gefunden, in der er der Gemeinschaft vorgelegt werden sollte. Als die Arbeit beendet war, bat Paul Seebeck die anderen Herren, bei ihm zum Abendessen zu bleiben und teilte gleichzeitig mit, daß er auch Frau von Zeuthen, Nechlidow und Melchior eingeladen hätte.

Bei Tisch fragte Frau von Zeuthen nach dem Schicksale des Entwurfs, und Paul Seebeck machte sie mit den geringfügigen Änderungen bekannt.

»Es ist doch fast eine Vergewaltigung«, sagte Edgar Allan plötzlich, »daß man so einem armen Wurme tausend Dinge beibringt, auf die es von selbst nie verfallen wäre – lauter fertige, geprägte Begriffe, ein fertiges Weltbild, eine fertige Sprache. Nichts darf sich das Kind selber bilden, muß alles das gläubig hinnehmen, was die früheren Generationen ihm vorgekaut haben.«

»Na, wissen Sie was«, sagte Otto Meyer. »Wollen Sie die Kinder gleich nach der Geburt in die Wüste schicken, um sich Sprache und Bildung ganz aus eigener Kraft zu bauen? Ich glaube, Sie würden zu Ihrer Überraschung einige entzückende Orang-Utans vorfinden.«

Aber Edgar Allan hatte sich in seinem Gedanken festgebissen und ließ sich nicht beirren. Sein Mund verzog sich nur ein wenig spöttisch, als er Melchiors heißes Gesicht sah. Er wandte sich Otto Meyer zu und sagte ungewöhnlich lebhaft:

»Doch nicht, Herr Referendar. Die Kinder würden doch eine gewisse Disposition im Gehirn von ihren kultivierten Eltern mitbekommen haben, die sie eben doch auf eine etwas höhere Stufe als den Orang-Utan stellen würde.«

»Aha!« sagte Otto Meyer. »Da setzen Sie aber die kultivierten Eltern voraus. Seien Sie jetzt aber etwas radikaler in Ihren Gedanken und setzen Sie den Fall, daß alle Kinder von Weltbeginn an in die Wüste geschickt worden wären. Dann hätten sie keine kultivierten Eltern, mithin hätten die Kinder eben auch nicht jene Kultur-Disposition im Gehirn, wären also doch reine Orang-

Utans.«

Edgar Allan lehnte sich in seinem Stuhle zurück und legte Messer und Gabel hin.

»Sie wollen mich aufs Glatteis führen, Herr Referendar, und sprechen dabei nur meinen Gedanken aus.«

Jetzt hielten alle mit dem Essen ein. Ganz leise klirrte es, als die Eßgeräte auf die Teller und Messerbänke gelegt wurden. Edgar Allan sah sich im Kreise um und sagte lächelnd:

»Ich weiß wirklich nicht, ob mein Gedanke eine so ungeteilte Aufmerksamkeit verdient. Er ist nicht viel mehr als ein logisches Experiment, doch scheint er mir wert zu sein, zu Ende gedacht zu werden. – Sehen Sie, meine Herren, und Sie, gnädige Frau, die so liebenswürdig sind, zuzuhören. Ich meine folgendes: eine gewisse Disposition zur Weiterentwicklung muß schon im Menschenaffen gelegen haben, der unser aller Stammvater ist, und zwar schon lange vor der Sprache, mithin vor Logik, geformten Begriffen und Möglichkeit einer Fortentwicklung anders als durch die Vererbung jener Kulturdisposition. Die Entwicklung ging ungeheuer langsam, aber sie schritt fort. Da kommt mit der Sprache ein ganz neues Element herein, ein völlig unnatürliches: die Erfahrungen werden nicht nur durch Vererbung jener Kulturdisposition den folgenden Geschlechtern überliefert, sondern in rein abstrakter Form, sie werden gesagt, und das Kind lernt sie als etwas zunächst Fremdes, ihm unnatürlich Hohes. Und so geht das weiter. Mit Hilfe der Sprache bekommen die Begriffe ein eigenes Leben, eine selbsttätige Existenz, und immer größer wird die Kluft zwischen dem natürlichen Menschen, der ja auch immer mit einer, eine Nuance höheren, Kulturdisposition geboren wird, und dem, zu dem die Sprache mit allen ihren Anhängseln uns macht. Wenn wir unseren Kindern weder Sprache noch sonst etwas mitgeben würden, als nur unsere

Kulturdisposition, würden sie kurz gesagt harmonische und glückliche Menschen sein und nicht jenen Zwist zwischen dem eigenen und dem angelernten Ich in sich tragen, der uns alle verzehrt.« – Nach einer kurzen Pause fuhr er fort: »Stellen Sie sich einen Eskimo vor, den man aus Grönland nach Berlin gebracht hat, und der sich dort im Laufe einiger Monate akklimatisiert hat. Er trägt unsere Kleidung, benimmt sich korrekt, aber trotz alles angelernten Anstandes, den das Milieu ihm aufdrängt, in dem er sich gezwungenermaßen befindet, gehen seine Gedanken und Triebe ganz andere, viel primitivere, brutalere Wege. Er spielt dauernd Theater. Statt der rauhen Prosa, die ihm natürlich wäre, muß er unausgesetzt hohe Verse sprechen und diese mit einstudierten Gesten und Mienen begleiten. Der gute Mann hat im Laufe einiger Monate oder Jahre eine Entwicklung, die naturgemäß Tausende von Jahren gebraucht hätte, überspringen müssen, und seine ganze Existenz wird zu einer einzigen Lüge. Seien wir einmal ehrlich: ist das nicht ganz genau unsere Lage? – Ich überlasse Ihnen, die Parallele zwischen der Eingewöhnung des Eskimos in unsere Kultur und unserer Erziehung zu ziehen.«

Minutenlanges Schweigen folgte. Dann ergriff Herr von Rochow das Wort:

»Ich finde Ihren Gedanken wundervoll und unwiderleglich. Und doch, sehe ich die Sache von einer anderen Seite an, komme ich zu einem ganz anderen Resultat. Wenn ich mir nämlich einfach den jetzigen Menschen und seine Sprache vorstelle, würde ich sagen, daß Sprache und Begriffe nicht mit ihm Schritt gehalten haben, sondern zurückgeblieben sind und tatsächlich nicht das auszudrücken vermögen, was wir denken und fühlen. Und doch finde ich Ihre Gedanken unwiderleglich.«

Er schwieg; Edgar Allan sah sich im Kreise um, als erwartete er weitere Meinungsäußerungen. Sein Blick blieb an Melchior haften, der ihn mit aufgerissenen Augen und offenem Munde anstarrte.

Jakob Silberland räusperte sich und sagte:

»Wie sonderbar. Vor einigen Jahren, als wir sieben noch ganz allein hier auf der Insel waren, führten wir ein Gespräch über Staatsformen im Verhältnis zum Menschen. Und auch dort stießen wir auf denselben Widerspruch, daß sie sowohl als fortgeschritten, wie auch als zurückgeblieben in bezug auf den Menschen angesehen werden könnten.«

»Seltsam, daß derselbe Widerspruch heute in ganz anderem Zusammenhange wieder auftaucht. Ach, ich entsinne mich deutlich jenes Gespräches«, sagte Herr von Rochow.

»Na, das Problem ist doch ganz dasselbe«, sagte Otto Meyer. »Formen, die die Menschen im Zusammenspiele schaffen, in ihrem Verhältnisse zum einzelnen Menschen. Apropos »Problem«, Herr Melchior, haben Sie es gelöst?«

Aber Melchior hörte ihn nicht.

Edgar Allan ergriff wieder das Wort: »Ich finde etwas Niederdrückendes darin, daß die Arbeit des Einzelnen durch diese geistigen Verkehrsmittel zum Allgemeingut werden. Jeder Idiot schmarotzt an uns, saugt unsere Gedanken aus, verwässert sie bis zur Karrikatur – siehe die christliche Kirche im Verhältnis zu ihrem Gründer – und ist dann stolz auf seine Eigenschaft als Kulturmensch. Ich sehe darin eine Ungerechtigkeit.«

»Nein«, sagte Jakob Silberland, »Sie irren. Sie gehen von einer längst abgetanen Weltanschauung aus. Sie vergessen den springenden Punkt: es gäbe keinen großen Menschen, wenn es nicht ein Milieu gegeben hätte, das ihn zeugte. Die großen Menschen schulden ihre Existenz der Masse, und diese wiederum ihnen. Das ist ein ewiges Wechsel- und Zusammenspiel; eine natürliche Funktion des großen Organismus Menschheit.«

»Sie haben viel gelernt, verehrter Herr Doktor Silberland,« sagte Edgar Allan mit leichtem Spotte. »Außer den Begriffsbrillen, die die gütige Menschheit so liebenswürdig ist, uns in den ersten Jahren unserer Kindheit auf unsere Nase zu setzen, haben Sie auch noch einige grüne und blaue und seltsam gestrichelte aus eigener Initiative aufgesetzt. Ich beneide Sie um Ihr geordnetes Weltbild, bezweifle aber doch, daß es sich mit der Wirklichkeit deckt. Wenn ich von dem mir Eingeprägten absehe, wenn ich unbefangen auf die Wirklichkeit sehe – etwas, wozu Sie als gebildeter Mensch überhaupt nicht mehr imstande sind – sehe ich statt unserer fiktiven Ordnung in der Welt nur ein ungeheures, rätselhaftes Chaos.

Alle unsere Moralbegriffe, Staatsformen, Sprache, Gedanken sind doch nur ganz schwache, ganz schiefe Reflexe der inneren Entwicklungsgesetze der Menschheit, die wir nicht kennen und nie kennen werden. Denn diese kindlichen

Abstraktionen haben nicht nur ein eigenes Leben bekommen und entfernen sich demnach mehr und mehr von den Realitäten, sie werden auch als primär angesehen, und man soll sich nach ihnen richten. Das ist nicht das Problem der Menschheit, aber der Wahnsinn der Menschheit. Und jeder Einzelne von uns hat keine andere Aufgabe, als soviel wie möglich das Gelernte zu vergessen und in die Tiefen des eigenen Ichs herabzusteigen, zu seinem eigenen Wesen, und sich dort über seine Stellung im Chaos zu orientieren. Auf irgend einem, noch so kleinen Gebiete wird er sich Meister wissen, dort seine Arbeit ausführen und die übrige Menschheit ihrem Schicksal überlassen. Wenn jeder so dächte, kämen wir vielleicht wieder in eine gesunde Entwicklung hinein. Wenn wir auf das forzierte Tempo verzichten, was die Menschheit bis jetzt angewendet hat, und uns einige millionenmal langsamer entwickeln, wird vielleicht noch einmal etwas aus den Menschen statt der Schattenwesen, die wir jetzt darstellen. Was meinen Sie, Seebeck?«

»Ich finde den Gedankengang sehr interessant. Auch sehr wertvoll. Es ergeben sich aus ihm aber so viele Perspektiven, daß man Zeit braucht, um zu ihm Stellung zu nehmen. So im Augenblicke kann ich es nicht. Ich werde darüber nachdenken.«

Jetzt sprang Nechlidow mit einer solchen Heftigkeit auf, daß der Stuhl umfiel, auf dem er gesessen hatte. Er schrie:

»Es wird ja immer toller; jetzt ist es aber wirklich genug. Ich wenigstens habe keine Lust mehr, länger an der Komödie mitzuspielen. Wir kamen hierher, um die großen Menschheitsgedanken zu verwirklichen, die große, ruhige Linie auszufüllen. Und was geschieht? Hier ein Kompromißchen und dort ein Kompromißchen; überall Halbheiten, nichts Ganzes. Alles Wankelmütigkeit und

Wunsch nach dem behaglichen, ruhigen Fahrwasser, nur um Gotteswillen keinen energischen Schritt. Was ist aus den Idealen geworden, mit denen wir hierherzogen? Phrasen, Worte, Andeutungen, keine Tat, keine Wirklichkeit.

Und heute kommt die Krone des Ganzen. Hier im Kreise der Gründer stellt Herr Allan seine logischen Experimente an, die weiter nichts sind, als eine Beschimpfung der menschlichen Vernunft, eine Erniedrigung der Sozietät. Wenn Herr Allan den dummen Orang-Utan wirklich so viel höher stellt, als den vernünftigen Menschen, mag er zu den Orang-Utans gehen. Aber statt ihn zurechtzuweisen, hören Sie sein kindisches und frivoles Geschwätz ernsthaft an, antworten ihm sogar, wollen sich die Sache sogar noch genauer überlegen.

Ich aber glaube an die menschliche Vernunft, die vielleicht sogar einmal in Allans Nachkommen die Sehnsucht zum Affen ertöten und volle Menschen aus ihnen machen wird.

Euch gebe ich auf; aber noch nicht die Sache, mit der ihr nur noch spielt. Ich werde versuchen, ob ich sie noch aus dem Schlamme retten kann, in dem ihr sie festgefahren habt.«

Er verließ das Zimmer und schlug die Tür mit Gewalt hinter sich zu.

EDGAR Allan und Felix waren am Ende der Straße an der linken Seite der Bucht angelangt. Vor ihnen lag die ziemlich steile Felswand, wo es nur an einigen, und ziemlich weit von einander abliegenden Plätzen möglich war, Häuser zu bauen.

Beide trugen, des strömenden Regens wegen, dicke

Gummimäntel und hohe Stiefel.

»Sehen Sie, Felix«, sagte Edgar Allan stehen bleibend und wandte sein scharfes Gesicht dem Knaben zu. »Hier ist der gebahnte Weg zu Ende, und die Steine fangen an. Hinter uns liegt die behagliche Wärme der Masse.« Die hagere, sehnige Gestalt hoch aufrichtend, sagte er, »ich bin der Erste, der hier hinaus zieht, aber glauben Sie mir, die andern sechs werden mir hierher folgen. Auch Nechlidow, obgleich er mich ermorden könnte, wenn ich es ihm jetzt sagte.«

Felix sah dem starken und einsamen Manne halb bewundernd und halb zweifelnd ins Gesicht. Er antwortete nichts.

Dann stiegen sie weiter, über die Felsblöcke und durch die schäumenden Regenbäche, und suchten einen Platz für Allans neues Haus.

IN diesem Jahre war die Regenzeit heftiger als je vorher und machte fast jede Beschäftigung außer dem Hause unmöglich. Es war ein Glück, daß Edgar Allan bei der Stadtanlage so genau alle Eventualitäten berechnet hatte; sonst wäre wohl manches der kleinen Gärtchen fortgeschwemmt worden.

Paul Seebeck benutzte die Zeit der allgemeinen Untätigkeit zur Durchführung eines Planes, den er schon lange gehegt hatte. Allwöchentlich fanden jetzt im Volkshause Vorträge statt, die dann in der nächsten Nummer der von Herrn de la Rouvière mit Geschick geleiteten »Inselzeitung« gedruckt wurden.

Paul Seebeck selbst hatte den ersten Vortrag gehalten; ihm folgte Jakob Silberland mit einem ganzen Zyklus volkswirtschaftlicher Vorträge, und nach ihm behandelte

Herr von Rochow verschiedene schöngeistige Gebiete.

Die »Inselzeitung« erwies sich nicht nur als notwendig, sondern auch als Machtfaktor: der Krüppel hatte der öffentlichen Kritik einen breiten Raum geschaffen, und mancher sprach lieber hier unter dem Schutze des Redaktionsgeheimnisses seine Meinung aus, als in den Versammlungen der Gemeinschaft. Herr de la Rouvière versah die Eingesandts mit zustimmenden oder abfälligen Glossen, und deshalb galt es, sich mit ihm gut zu stellen, wenn man einen Erfolg wünschte. Und Herr de la Rouvière empfing die Besucher an seinem Schreibtische, der so niedrige Beine wie der eines Knaben hatte, und besprach stundenlang mit dem Besucher dessen Anliegen, so daß jener mit der Gewißheit davon ging, daß seine Sache in guten Händen lag.

Gelegentlich suchte Herr de la Rouvière Frau von Zeuthen auf, und dort traf er zuweilen um die Teestunde Paul Seebeck, der einige freundliche Fragen an ihn richtete, die er bescheiden beantwortete, worauf er gewöhnlich bald fortging.

Als Frau von Zeuthen und Paul Seebeck so eines Tages allein geblieben waren, sagte sie:

»Ist es nicht eine Freude, zu sehen, wie er sich hier entwickelt. Da haben Sie wieder einem Menschen freie Entfaltungsmöglichkeit gegeben, einen Nährboden, wo er Wurzeln schlagen kann.«

Paul Seebeck antwortete nicht; Frau von Zeuthen sah ihn mit ihren großen, strahlenden Augen an und sagte:

»Sie stehen so sehr im Tagesbetriebe, müssen sich zu sehr mit widerwärtigen Kleinigkeiten herumschlagen. Hätten Sie etwas mehr Distanz – was Sie der Natur der Sache nach im Augenblicke nicht haben können – würden Sie sehen, wieviel Sie schon erreicht haben. Selbst in Nechlidows Überspanntheit liegt so viel Größe, die geweckt zu haben Ihr Verdienst ist.«

Paul Seebeck war aufgestanden und ging nervös im Zimmer auf und ab. Dann blieb er vor Frau von Zeuthen stehen:

»Es gibt Augenblicke«, sagte er, »wo ich meine, daß Nechlidow recht hat. Wenn ich aber dann an meinem Schreibtische sitze, meine Papiere heraussuche und mich frage, was ich denn hätte anders machen sollen, dann finde ich nichts. Es gibt so viele Gegenstände bei der Verwaltung eines Staates, die einfach in einer ganz bestimmten Weise und nicht anders erledigt werden müssen, ganz gleichgiltig, ob man konservativ oder liberal oder sonst etwas ist. Vom grünen Tische sehen manche Dinge eben ganz anders aus, als in der Praxis, und besonders für den, der die Verantwortung trägt.

Ich verstehe jetzt so gut eine Erscheinung, die mich früher so oft erstaunt hat: wenn in einem parlamentarisch regierten Lande die bisherige Oppositionspartei ans Ruder kommt und ihre bisherigen Führer Minister werden, erfolgt fast immer ein Bruch zwischen ihnen und ihrer eigenen Partei, die ihnen den Verrat an den Parteiprinzipien vorwirft. Die Sache liegt natürlich einfach so, daß unzählige Dinge – namentlich in der Verwaltung – mit Prinzipien gar nichts zu tun haben und ihrer Natur nach erledigt werden müssen. – Ich habe mir schon früher das gedacht, aber jetzt begreife ich es erst wirklich.

Hier kann man natürlich keine Grenze ziehen; es ist aber doch ein Unterschied, ob man überhaupt ein Ziel vor Augen hat, oder, auf ein paar bequeme Schlagwörter gestützt, alles ruhig fortwursteln läßt. In dieser Beziehung habe ich ein reines Gewissen.«

Paul Seebeck blieb stehn; er biß sich auf die Lippen und sagte:

»Wissen Sie, Gabriele, was ich mir selbst in jenen einsamen Stunden sage, wo man ehrlich gegen sich selbst ist? Ich will es Ihnen bekennen: wir schaffen hier nicht die realen Werte, die wir schaffen wollten, und unser ganzes Werk war vom ersten Augenblick an eine Unmöglichkeit. Das unendliche Leben läßt sich überhaupt nur in einem Sinne formen, und das ist in der Kunst, die immer einseitig und beschränkt und deshalb vollkommen ist. Silberland hat mich einmal einen Künstler genannt, und ich fühle, daß er recht hat, obwohl ich weder dichte noch male. Aber wie jeder schaffende Künstler hatte ich ein starres, unvollkommenes Material, in das ich den rauschenden Strom des Lebens zwängen wollte. Das waren die staatlichen Begriffe. – Wie hat doch Edgar Allan recht, und wie Nechlidow! – Aber statt zu sagen: als Künstler gebe ich eine ganz einseitige Stilisierung des Lebens, aber ich forme nimmermehr das Leben selbst, sagte ich: hier ist das Leben in seinen natürlichen Formen. Ich habe die unendliche Mannigfaltigkeit des Lebens unterschätzt und sehe, daß es an sich weder begreiflich noch faßbar ist, wenn man es eben nicht als Künstler einseitig stilisiert, und es in seinem Reichtum vorbeifluten läßt.

Und sehen Sie, Gabriele, dann sage ich mir: wir schufen hier nicht den Staat, und er wird nie geschaffen werden, wenn er sich nicht selbst aufbaut, wir schufen nur eine Fiktion des Staates, lassen die andern ein Theaterstück aufführen, dessen Autoren und Regisseure wir sind. Aber sie spielen nur so lange Theater, wie sie in unserem Bannkreise sind, nicht eine Minute länger! Dann gehen sie nach Hause und führen ein Leben, von dem wir nichts wissen, und das uns auch nicht interessiert.

Aber dann, Gabriele, dann sehe ich Menschen wie

Silberland, die ohne zu zweifeln, arbeiten und an die Vollendung glauben. Und dann glaube ich auch selbst wieder daran, daß aus der Komödie Wahrheit werde.«

Er setzte sich in den tiefen Ledersessel, stützte das Kinn in die Hand und sah vor sich in den Raum. Frau von Zeuthen stand auf, trat vor ihn hin und legte ihre beiden Hände ihm auf die Schultern:

»Seebeck, ich gab Ihnen meinen Segen zu diesem Werke; ich gebe ihn Ihnen noch einmal zu seiner Vollendung.«

Er sank vor ihr nieder und umschlang mit solcher Heftigkeit ihre Knie, daß die hohe Frau schwankte. Da faßte er ihre Hände und drückte sie an sein Gesicht:

»Gabriele«, sagte er, »ich bin so einsam, so fürchterlich einsam. Und die Nächte sind so lang. Wenn alle die quälenden Gedanken kommen, dann sehne ich mich nach Ihnen, Gabriele, nach dir, du Hohe, Reine. Komm zu mir mit deinen kühlen, weißen Händen. Ich bin so fürchterlich allein.«

Sie hob ihn auf und zog ihn an sich. Er lehnte seinen Kopf an ihre Brust und schluchzte.

Langsam führte sie ihn zum Divan. Aber da sank Seebeck aufs neue vor ihr hin und barg sein Gesicht in ihren Schoß. Der große, starke Mann bebte am ganzen Körper, sie strich ihm lind über das Haar.

»Mut, Mut!« flüsterte sie ihm zu. »Ich kann nicht zu dir kommen; jetzt kann ich nicht zu dir kommen. Du würdest dein Werk vergessen und das darfst du nicht. Diese Insel ist der Inhalt deines Lebens; ihr mußt du leben, wenn es nötig ist, mußt – wirst du für sie zu sterben verstehen. Ihretwegen mußt du das Opfer deines Menschentums bringen.« Sie beugte sich tief zu ihm hinab und legte ihre kühle Wange an seine heiße:

»Glaubst du denn nicht, in wieviel schweren Nächten ich mich nach dir gesehnt habe, du starker, du guter Mann. Aber ich weiß, daß ich dich deinem Werke entziehen würde, statt es zu fördern. Und das darf nicht sein. Was ist das Liebesglück zweier armseliger Menschlein im Vergleich mit deinem Werke! Sei stark,« sagte sie, während sie sich wieder aufrichtete, »dazu will ich dir helfen. Aber deine Einsamkeit ist dein größtes Gut, sie gebar die neue Gemeinschaft, sie wird sie zur Höhe erziehen. Aber du darfst kein armer, schwacher Mensch werden: mehr wie ein Mensch mußt du sein.«

Da erhob Paul Seebeck den Kopf aus Frau von Zeuthens Schoß. Seine Augen wurden groß und starr. Langsam und schwer sprach er die Worte:

»Und ich schwöre Ihnen, Gabriele, von dieser Stunde an nur meinem Werke zu leben, und wenn es nötig ist, dafür zu sterben.«

Er stand schnell auf und trat ans Fenster. Durch den strömenden Regen blinkten einige Lichter, einige erleuchtete Fenster. Langsam drehte er sich herum und sah erst jetzt, daß das Zimmer fast dunkel war. Nur im Umriß sah er Frau von Zeuthen auf dem Divan sitzen. Mit gesenktem Haupte und schleppenden Schritten trat er auf sie zu, ergriff ihre Hand, die sie ihm nicht entzog, hielt sie lange in der seinen und zog sie dann langsam an seine Lippen.

Da erhob sich Frau von Zeuthen:

»Geh jetzt«, sagte sie fast hart, »geh zu deiner Arbeit.«

Er neigte kaum merklich den Kopf und verließ mit schnellen Schritten das Zimmer.

DER niederströmende Regen wurde schwächer. Man sah statt des ewig gleichmäßigen Graus am Himmel wieder Wolken, die langsam und schwer weiterzogen. Zuweilen blickte sogar ein blaues Stückchen Himmel aus ihnen hervor. Und endlich, endlich war der Himmel wieder rein, und die Sonne schien.

Ein schwerer, warmer Brodem stieg von den Gärten auf und lag wie ein Dunst von Leben und Fruchtbarkeit über der Stadt. Die Wasserrinnen an den Abhängen versiegten, in wenigen Tagen waren die Straßen wieder trocken.

Da wollte Paul Seebeck Frau von Zeuthens Kindern eine Freude machen und ließ sich zwei kräftige Pferdchen mit dicken, behaarten Beinen kommen.

An einem Sonntage machten sich Hedwig und Felix auf, um das Innere der Insel zu erforschen. In den Satteltaschen hatten sie Essen für sich mit, und auf den Rücken der Pferdchen hatten sie Heu aufgeschnallt.

Sie ritten langsam die Hauptstraße hinauf; als sie aber die Plattform erreichten, auf der das Volkshaus stand, stiegen sie ab, um die Tiere nicht zu überanstrengen, und führten sie am Zügel die Serpentinen hinauf. Als sie auf dem Hochplateau standen, sahen sie die Pyramide des Vulkans riesenhaft und scharf in die Höhe ragen. Ein ganz dünnes Wölkchen – kaum mehr als ein Schleier – schwebte über seiner Spitze.

»Da müssen wir hinauf«, sagte Felix und half Hedwig wieder in den Sattel, »was meinst du?«

Hedwig gab mit der Peitsche ihrem Pferdchen einen kleinen Schlag:

»Komm«, rief sie und galoppierte voran.

Sie waren immer noch auf dem gebahnten Wege, der der Arbeit am Staubecken wegen angelegt worden war, und nach einer halben Stunde hatten sie dieses erreicht. Sie sprangen von den Pferden, an denen der Schweiß herunterrann und setzten sich auf einige Steinblöcke.

Vor ihnen lag ruhig der See, aber von dem Meere her klang ein donnerndes Getöse zu ihnen hin.

»Weißt du, was Allan mir erzählt hat?« fragte Felix. »Er will im See einen künstlichen Schlammboden machen und Fische hineinsetzen. Er sagte, das wäre gar nicht so schlimm, er wüßte nur nicht, wie er verhindern sollte, daß die Fische mit dem Wasserfalle ins Meer gerissen würden. Aber das findet er sicher auch noch heraus!«

»Fische? Wie nett. Aber dann soll er auch Vögel hierherbringen.«

»Daran hat er auch schon gedacht; er will überhaupt alle möglichen Tiere hier wild aussetzen. Er weiß nur noch nicht welche. Aber er sagte, daß nach zehn Jahren die Insel alle möglichen Pflanzen und Tiere haben wird. Ich soll ihm bei der Arbeit helfen. Du, das wird wundervoll!« rief er.

»Aber wie sollen hier Tiere leben?« fragte Hedwig zweifelnd und sah sich in der öden Steinwüste um.

»Das geht schon. Allan sagte, das schwerste wären die Säugetiere. Mit den Fischen ist es nicht so schlimm, er will Tang massenhaft aus dem Meere hierherbringen und dann Süßwasserpflanzen hineinstecken. Wenn das alles richtig in Gang gekommen ist, bringt er Insekten und zuletzt die Fische. – Und mit den Vögeln, sagt er, wäre die Sache einfacher: einige Möven brüten ja schon. Man sollte nur an irgend einer Stelle, die so weit von der Stadt weg ist, daß der Gestank nicht hinkommt, regelmäßig tote Fische hinlegen, aber furchtbar viele natürlich, und dann würden die Vögel schon kommen. Aber wie er das mit den Säugetieren machen will, weiß er noch nicht recht; er sagt, es könnten zunächst nur Tiere sein, die von Fischen oder Vögeln leben. – Und bei der ganzen Arbeit soll ich ihm helfen, ist das nicht wundervoll?« rief er.

Hedwig sah voll Neid ihren Bruder an. Aber dann veränderte sich ihr Gesicht. Fast furchtsam fragte sie:

»Du Felix, sag mal, glaubst du, daß alles noch gut geht?«

»Weshalb soll es denn nicht gut gehen?«

»Ja, siehst du, ich ging neulich etwas mit Herrn de la Rouvière spazieren, und da kam Nechlidow, und die beiden sprachen zusammen. Nechlidow war ganz wütend und sagte immer wieder, daß Paul alles zerstört hätte. Dann sagte er auch etwas zu mir, was ich nicht verstand –«

»Nechlidow ist ein Idiot!« unterbrach sie Felix mit Nachdruck. »Allan sagt, daß gerade jetzt alles gut gehen wird, seitdem Paul eingesehen hat, daß er alles allein machen muß und nicht mehr darauf hört, was alle die da sagen.«

Aus irgend einem Grunde war es Hedwig peinlich, dies Gespräch fortzusetzen. Sie sagte, während sie ihrem Pferdchen den dicken Hals streichelte:

»Sollen wir nicht jetzt zum Wasserfall reiten? Er ist sicher wunderschön.«

Dagegen hatte Felix nichts einzuwenden, und so bestiegen sie ihre Pferde und ritten dem Staubecken entlang auf das Meer zu. Bald schob sich ein breiter Steinwall zwischen sie und das Becken und warf einen tiefen und kühlen Schatten auf sie. Sie trieben ihre Pferde zum Galopp an und standen plötzlich einige Schritte vor dem steilen Abfall zum Meere. Sie hörten ein Donnern, Zischen und Brausen, konnten den

Wasserfall aber nicht sehen. Rasch entschlossen sprangen sie von den Pferden, ließen sie stehen und kletterten an dem Steinwalle empor. Er war höher, als sie sich ihn vorgestellt hatten, aber endlich standen sie doch oben. Sie sahen sich um: hinter ihnen streckten sich die drei Vorgebirge ins Meer, zwischen denen die Stadt und die Irenenbucht eingebettet lagen, und vor ihnen das große Wasserbecken, das in seiner ganzen Breitseite zum Meere hinab überfloß. Sie sahen die Wasserfläche in ruhigem Zuge bis zum Rande gleiten und dort entsetzt, verzweifelt, mit wahnsinnigem Schmerzgeheul in die Tiefe stürzen, hier auf einem Vorsprung aufprallend, dort an einer Klippe zerschellend, daß der Riese in tausend und abertausend glitzernde Tropfen zersprang, die erschrocken versuchten, sich wieder zusammenzufinden, und sich doch erst wieder im großen Meere trafen, das weit hinaus mit weißem Schaum bedeckt war.

Als sie sich satt gesehen hatten, traten sie langsam den Rückweg zu ihren Pferden an und ritten in scharfem Galopp im Schatten. Erst als der Steinwall sich wieder abflachte, und sie in den brennenden Sonnenschein hinauskamen, mäßigten sie ihr Tempo. Sie kamen an die Stelle, wo durch die große unterirdische Röhre das Wasser zur Stadt abfloß; dumpf dröhnte es da unter den Hufen der Pferde. Sie ritten weiter am Becken entlang bis dorthin, wo der Fluß hereintrat und folgten diesem weiter in der Richtung auf den Vulkan zu. Oft mußten sie den Fluß verlassen, weil Steinblöcke im Wege lagen, aber sie trafen doch immer wieder auf ihn. Zuweilen floß er breit und behäbig dahin, zuweilen rauschte er unheimlich an einer schmalen Stelle, oder teilte sich auch mitunter in viele Zweige, die sich aber immer wieder bald vereinigten. Hedwig und Felix kamen über breite Streifen feinen Sandes, in dem die Pferde bis über die Hufe einsanken.

Nach mehreren Stunden hielten sie an, sprangen von den

Pferden, gaben ihnen von dem mitgebrachten Heu zu fressen und nahmen ihnen auch die Sättel ab. Dann hielten sie Umschau: so weit sie sehen konnten, umgab sie graublau und gelb die Steinwüste, aus der sich nur flache Rücken emporhoben. Und vor ihnen lag, kaum merklich in seiner Größe gewachsen, der Vulkan. Und die Sonne brannte heiß auf sie nieder und gab den Steinen einen blendenden Schimmer, der die Augen schmerzen machte.

Da setzte sich Hedwig plötzlich auf einen Stein und begann zu schluchzen: sie konnte die große Einsamkeit nicht ertragen, ihr war es zu viel des Schweigens. Felix fragte nicht; er verstand sie und fühlte dieselbe Angst wie sie, aber er beherrschte sich. Doch zitterten seine Hände, als er die Pferde wieder sattelte; er sagte aber ruhig:

»Der Vulkan ist ja viel weiter, als ich dachte; wir können heute nicht mehr hinkommen. Wollen wir nicht wieder nach Hause reiten?«

Hedwig nickte; sie konnte nicht sprechen. Und so schnell es die Hitze erlaubte, ritten sie nach Hause, zu den Menschen, zur Stadt.

WIEDER war der Jahrestag der Gründung herangekommen, und die Gemeinschaft war versammelt. Die Vorsteher hatten Rechenschaft über das verflossene Jahr abgelegt. Es sollte jetzt zur Neuwahl geschritten werden.

»Wünscht jemand das Wort?« fragte Jakob Silberland, der wie immer den Vorsitz innehatte. »Nicht? Dann –«

»Ich bitte um das Wort«, rief Nechlidow überlaut und ging auf's Podium. Die Versammlung verharrte in eisigem Schweigen. Jakob Silberland sah überrascht Paul Seebeck an; aber dessen Gesicht war hart und verschlossen. Auf der Tribüne aber beugte sich ein Mädchenkopf mit glänzenden, braunen Augen über die Brüstung.

Nechlidow richtete sich straff auf, verschränkte die Arme über der Brust und sagte:

»Es tut mir leid, daß ich die hier übliche gemütliche Handhabung der Geschäfte ein wenig störe. Hätte ich mich jetzt nicht zum Worte gemeldet, wäre die Wiederwahl des bisherigen Vorstehers wohl glatt erfolgt. Ich aber möchte verhindern, daß sie überhaupt erfolgt.«

Er sah Paul Seebeck an, und dieser erwiderte starr den Blick. Dann ließ Nechlidow seine Augen wieder über die Versammlung gleiten und fuhr fort:

»Wenn jetzt nicht ein energischer Schritt getan wird, verläuft die mit solchem Pathos angelegte Sache kläglich im Sumpf.

Hier geht zwar alles gut, ich fürchte fast zu gut; niemand hungert und jeder hat ein Dach über seinem Kopf – aber deswegen kamen wir nicht hierher.

Wir kamen hierher, um der Lüge zu entfliehen, die unser gesamtes Gesellschaftsleben durchzieht und sind jetzt dabei, eine ärgere und verabscheuungswürdigere Lüge zu stiften.

Hier kann nur eines helfen: das felsenfeste Vertrauen auf die menschliche Vernunft und das Abschütteln jener Herren, die den Ursprung alles Übels in der menschlichen Vernunft sehen. Wir müssen die großen und klaren Gesetze befolgen, die sich an der menschlichen Vernunft ergeben und dürfen sie nicht verwischen und im geheimen verspotten, wie es Herr Seebeck und seine Kreaturen tun.

Fragen Sie sich: was hat unsere Gemeinschaft neues

gebracht als neue Phrasen? Ist hier wirklich ein neuer Geist? Wer wagt die Frage zu bejahen! Ist nicht vielmehr das Umgekehrte geschehen, daß einige, wenige Männer durch Worte und Scheingesetze, die sie nur äußerlich, in gröbstem Sinne befolgen, gestützt, einfach ihren Launen folgen, tun und lassen, was ihnen gefällt? Wer wagt die Frage zu verneinen!

Die Gemütlichkeit und die persönliche Rücksichtnahme – dieses ganze Spinngewebe von Gefühlsduseleien, das uns zu ersticken droht, muß fort.

Ich verkenne nicht, daß wir Paul Seebeck großen Dank schulden; aber unsere Dankbarkeit darf uns nicht hindern, kalt und klar zu sehen. Und wenn wir das tun, können wir nur eins sagen: Seebecks Zeit ist vorbei. Er ist ein großer Gründer, aber ein schlechter Ausbauer.

Ich bitte die Versammlung, nicht Paul Seebeck sondern mich zum Vorsteher zu wählen; mich treibt kein Ehrgeiz, sondern nur die Liebe zur Sache. Und ich kann mit ruhigem Gewissen sagen, daß ich keine Sentimentalitäten und persönlichen Rücksichten kenne.«

Mit zusammengekniffenen Lippen verließ Nechlidow das Podium. Jakob Silberland sah ihm verstört nach.

In der eisigen Stille dort unten entstand eine ganz leise Bewegung, ein Rücken auf den Bänken, ein Murmeln, ein Flüstern und zuletzt klang ein Gewirr von Worten, Namen –

Edgar Allan hatte mehrmals von der Seite her forschend in Paul Seebecks Gesicht geblickt und jedesmal hatte er zufrieden gelächelt, wenn er Seebecks starre Züge sah.

Jetzt erhob sich im Hintergrunde die schwere Gestalt eines Handwerkers:

»Wenn wir Herrn Seebeck nicht wieder wählen dürfen, dann doch lieber den Herrn Rouvière. Den kennen wir, der versteht seine Sache.«

Edgar Allan drehte sich herum; freundlich lächelnd rief er dem Sprecher zu:

»Sie dürfen Seebeck wieder wählen, guter Freund. Sie brauchen nicht immer das zu tun, was der letzte Redner gesagt hat.«

Aber seine Worte verloren sich; de la Rouvières Name hatte gezündet; von allen Seiten erscholl er, gerufen, gebrüllt.

Kreidebleich im Gesichte stand der Krüppel auf:

»Ich bitte Sie um Gotteswillen, wählen Sie mich nicht! Das geht nicht.«

Stille trat ein. Aber eine grobe Stimme zerriß sie:

»Weshalb denn nicht? So war's doch ausgemacht.«

Jetzt hatte Jakob Silberland seine Ruhe wiedergefunden. Er läutete energisch und sagte:

»Wer meldet sich zum Worte?«

Paul Seebeck gab ein leichtes Zeichen mit der Hand und ging auf das Podium. Ruhig und geschäftsmäßig sagte er:

»Ich möchte nur einige Worte zur Klärung der Situation sagen. Es sind als Gegenkandidaten zwei Herren genannt worden, von denen allerdings der eine die Absicht zu haben scheint, eine eventuelle Wahl nicht anzunehmen. Bei aller Hochachtung vor den persönlichen Eigenschaften der beiden Herren und der Überzeugung von der absoluten Lauterkeit ihrer Absichten, glaube ich nicht, daß einer von ihnen imstande ist, das verantwortungsvolle Amt eines Vorstehers der Gemeinschaft zu verwalten. Ich glaube nicht, daß die Herren auch nur eine Ahnung von den Schwierigkeiten dieser Stellung haben; ihre Wahl würde nicht einen Fortschritt, sondern den Ruin unserer ganzen jahrelangen Arbeit bedeuten.

Nun kann ich Sie allerdings nicht daran hindern, einen der beiden Herren zu wählen; Sie können mich aber nicht zwingen, dem Gewählten meine Stellung als Reichskommissar zu übergeben. Die werde ich beibehalten und werde von den unbeschränkten Vollmachten Gebrauch machen, die sie mir gibt, sobald ich sehe, daß die Dinge eine Wendung nehmen, die ich für unrichtig halte. Wenn Sie aber einen Nachfolger wählen, der wirklich imstande ist, mein Amt zu übernehmen, gehe ich gern.«

Er verbeugte sich leicht und ging zu seinem Platz zurück.

»Bravo!« rief Edgar Allan, und dieser Ruf wurde von einem vielstimmigen »Pfui!« beantwortet. Nechlidow sprang auf und schrie:

»Das ist die Revolution! Jetzt wissen wir, was wir von dem Manne zu erwarten haben.«

Jakob Silberland läutete und läutete, aber erst nach mehreren Minuten gelang es ihm, den Sturm zu übertönen. Ganz heiser sagte er, während der Schweiß ihm in zwei Rinnen die Wangen entlang lief:

»Wünscht jemand noch das Wort? Herr Nechlidow, bitte!«

Nechlidow sprach von seinem Platze aus:

»Nachdem der bisherige Vorsteher offen den Bruch der Verfassung erklärt hat, behalten wir uns alle Schritte vor, wie auch die Abstimmung ausfallen mag.«

Unter steigendem Gemurmel wurden die Stimmzettel verteilt und wieder eingesammelt. Als Otto Meyer Jakob Silberland die Urne überreichte, trat lautloses Schweigen ein. Einen Zettel nach dem anderen öffnete Jakob Silberland und rief laut den darauf stehenden Namen. Otto Meyer notierte die einzelnen Stimmen und zählte sie dann zusammen. Dann verkündete Jakob Silberland das Resultat:

»Die Stimmen verteilen sich wie folgt:

Herr Seebeck zweihundertdreiundachtzig Stimmen;

Herr Nechlidow zweihundertsiebenunddreißig Stimmen;

Herr de la Rouvière einhundertachtundsiebzig Stimmen.

Elf Zettel sind blank.

Demnach ist Herr Seebeck ordnungsgemäß zum Vorsteher der Gemeinschaft wiedergewählt worden.«

»Aber von einer Minorität!« brüllte Nechlidow. »Ich verlange Stichwahl zwischen ihm und mir.«

»Herr Seebeck ist verfassungsgemäß gewählt worden«, donnerte Jakob Silberland ihm entgegen.

Jetzt erhob sich ein so unbeschreiblicher Lärm, daß Jakob Silberland nicht mehr Ruhe stiften konnte. Er setzte deshalb seinen Hut auf und deutete damit an, daß die Sitzung unterbrochen sei. Als auch das noch keinen Eindruck machte, verließ er mit seinen Freunden den Saal, gefolgt von der Mehrzahl der Versammelten. Zurückblickend sah er, daß Nechlidow auf dem Podium stand und eifrig auf die Zurückgebliebenen einredete.

FRAU von Zeuthen stand in einem ausgeschnittenen schwarzen Schleppkleide hochaufgerichtet vor dem Krüppel, der die langen Arme mit den schwarzbehaarten Händen demütig hängen ließ:

»Sagen Sie mir, Herr de la Rouvière, was hatte das zu bedeuten, daß man Sie als Seebecks Nachfolger vorschlug?«

»Gnädige Frau, es ist mir selbst vollständig unerklärlich. Ich habe nicht die geringste Veranlassung dazu gegeben. Wie sollte ich auch nur auf den Gedanken kommen!«

»Aber Herr de la Rouvière, wenn Sie, trotz Ihrer Erklärung, mehrere hundert Stimmen erhielten, so zeigt das, daß viele Sie für den designierten Nachfolger Seebecks hielten und Ihre Erklärung nur für ein Scheinmanöver ansahen. Wir stehen da vor einem System von Intriguen, an dem das Mißtrauen, das Nechlidow aussät, nur zum Teil Schuld haben kann. Sie müssen doch mindestens eine Vermutung haben, wie dieser seltsame Mißgriff geschehen konnte.«

Sie sah mit großen, braunen Augen ernst auf ihn nieder, und unter diesem Blicke wurde der Krüppel gleichsam noch kleiner:

»Gnädige Frau«, stieß er hervor. »Ich habe nicht gegen Herrn Seebeck intriguiert; im Gegenteil, ich habe den geringen Einfluß, den meine Stellung mir gab, nur dazu benutzt, die keimende Unzufriedenheit zu beruhigen und in vernünftige und sachliche Bahnen zu leiten. Und die Resultate meiner Tätigkeit liegen ja offen zutage.« Er wies auf eine Nummer der »Inselzeitung«, die sich auf dem Tische befand.

Frau von Zeuthen schüttelte den Kopf:

»Diese Erklärung genügt mir nicht; sie verschleiert nur. Ich will mehr wissen.«

Herr de la Rouvière trat einen Schritt zurück und hob gleichzeitig die langen Arme:

»Gnädige Frau, Sie, die hoch oben stehen, wo wir niemals hinkommen können – können Sie nicht verstehen, daß wir uns nach der Höhe sehnen?«

Frau von Zeuthen setzte sich auf den Divan; ein Schleier legte sich über ihre Augen, aber sie sagte nichts. Herr de la Rouvière trat etwas näher und hielt sich an einer Stuhllehne fest.

»Verspottet oder bemitleidet habe ich mein Leben verbracht; niemand wollte mich als vollen Menschen anerkennen. Dann brachten Sie mich hierher, und hier fand ich zum ersten Male in meinem Leben ein Arbeitsfeld. Ich wurde ein Mensch unter Menschen. Ich dachte an Sie und wollte Ihnen Ehre machen, wollte Sie, die Unerreichbare, erreichen.«

Frau von Zeuthen senkte den Kopf; ihr Blick ruhte unbeweglich auf ihren beiden weißen Händen.

»Die Menschen kamen zu mir, und ich kam ihnen entgegen. Viele haben mich um Rat gefragt, und ich habe ihnen nach bestem Gewissen geantwortet. Ich genoß Vertrauen, aber ich habe es nicht mißbraucht. Ich wollte nur helfen, dem Einzelnen und der Gemeinschaft helfen. Die anderen aber haben mich mißverstanden; sie glaubten, ich wollte sie beherrschen. Und das wurde mir erst gestern klar.«

Frau von Zeuthen erhob sich:

»Ich kann Ihnen heute nicht antworten«, sagte sie, »ich muß Sie bitten, mich jetzt allein zu lassen.«

Er ließ den Stuhl los, an dem er sich festgeklammert hatte und trat dicht an sie heran:

»Schicken Sie mich nicht so fort! Sagen Sie, daß Sie mich verstanden haben!«

»Ich glaube Sie zu verstehen«, sagte sie langsam, aber sie nahm nicht die Hand, die er nach ihr ausstreckte. »Aber gehen Sie jetzt; ich muß allein sein.«

Und Herr de la Rouvière ging.

FELIX schämte sich doch, seine damalige Forschungsreise so kurz abgebrochen zu haben, und ohne die geringsten Entdeckungen zurückgekehrt zu sein. Obgleich er den größten Teil der Schuld seiner Schwester zuschob, konnte er sich doch nicht vergeben, nicht mehr Standhaftigkeit gezeigt zu haben. Andererseits sagte er sich auch, daß sie viel zu planlos losgezogen seien, so unvorbereitet, daß sie nicht einmal die Entfernung des Vulkans gekannt hatten.

Jetzt saß er fast jeden Nachmittag bei Paul Seebeck und studierte dessen Karten und Pläne, von denen fast alle – bis auf diejenigen, die die nächste Umgebung und die künstlichen Anlagen betrafen – noch aus der Zeit stammten, wo Paul Seebeck ganz allein auf der Insel geweilt hatte.

Paul Seebeck gab ihm alle Hilfsmittel, über die er verfügte, darunter auch mehrere Lehrbücher der Geologie und der verwandten Wissenschaften, und unterstützte ihn auch soweit mit Erklärungen, wie seine knappe Zeit es erlaubte. Fast immer freilich verliefen diese Nachmittage so, daß Paul Seebeck, mit der Zigarre in der Hand im Zimmer auf- und abgehend, Fräulein Erhardt Briefe diktierte, die diese stenographierte, um sie dann später auf der Schreibmaschine zu übertragen, während Felix, über sein Material gebeugt, still in einer Ecke saß. War Paul Seebeck mit dem Diktate fertig, ging er zu Felix, machte ihn auf einige besondere Dinge aufmerksam oder löste dem Knaben Zweifel, soweit er dazu imstande war, und verließ dann das Zimmer. Gewöhnlich packte Felix dann bald seine Sachen zusammen und ging nach Hause, denn es war ihm unangenehm, mit Fräulein Erhardt allein zu sein.

Aber als er wieder einmal mit einem kurzen Abschiedswort fortgehen wollte, drehte Fräulein Erhardt sich auf ihrem Rundsessel herum und fragte ihn:

»Sind Sie jetzt bald mit Ihren Plänen fertig, Herr von Zeuthen? Wann ziehen Sie los?«

Felix besann sich einen Augenblick, dann sagte er:

»Eigentlich bin ich schon fertig. Ich will nur warten, bis es etwas kühler geworden ist. Aber das wird es wohl schon in den allernächsten Tagen werden.«

Fräulein Erhardt faltete die Hände über den Knieen und beugte sich nach vorn; sie fragte:

»Darf ich Sie auf Ihrer Reise begleiten, Herr von Zeuthen?«

Felix sah sie überrascht an:

»Ja, wenn es Ihnen Freude macht, natürlich. Aber sie wird wenigstens eine Woche dauern.«

Fräulein Erhardt stand auf und reichte ihm die Hand:

»Ich danke Ihnen.«

Felix war etwas verwirrt, und um seine Ratlosigkeit zu verdecken, küßte er Fräulein Erhardts Hand. Sie ließ die ihre einen Augenblick in der seinen ruhen. Dann trat er an den Tisch zurück und suchte eine von Seebecks ersten Kartenskizzen heraus.

»Sehen Sie«, sagte er, »bis an den Fuß des Vulkans geht die Hochebene. Die kenne ich jetzt, und da ist nichts zu holen. Steinplatten, Geröll und zuweilen Sandstrecken. Und dasselbe sagt Paul; er ist da überall gewesen und hat nichts gefunden. Ich kann mir auch nicht denken, daß da irgend etwas sein sollte. Aber dort am Fuße des Vulkans, hier, wo Paul die Striche gemacht hat, sagt er, wäre eine Masse von Schluchten. Er ist nicht weiter gekommen, weil er keine Zeit hatte. Dort ist der Boden auch zuweilen so heiß gewesen, daß er ihn nicht betreten konnte. Da müßten wir also hin. Ich dachte, an einem Tage direkt bis zu den Schluchten zu reiten – Sie können doch reiten, Fräulein Erhardt?«

»Ja, aber ich habe kein Pferd.«

»Das tut nichts, Sie können das von Hedwig nehmen. – Ja, und dann müssen wir sehen, was wir da oben finden. Natürlich müssen wir auch auf den Vulkan steigen.«

»Ich werde Herrn Seebeck bitten, mir jetzt meinen Urlaub zu geben«, sagte Fräulein Erhardt. »Ich freue mich sehr auf die Reise, Herr von Zeuthen.«

Felix verbeugte sich etwas ungeschickt und ging.

Schon in den nächsten Tagen nahm die Hitze ab; kühle Winde strichen über die Insel und führten leichte, graue Wolkenzüge mit; ja, gelegentlich fielen sogar einige Regentropfen. Jetzt, zwischen Sommerhitze und Regenperiode, war die geeignete Zeit für einen längeren Ausflug gekommen.

Am Tage vor ihrem Aufbruch hatte sich Paul Seebeck mehrere Stunden von seiner Arbeit frei gemacht und half den beiden bei ihren Vorbereitungen. Er sorgte dafür, daß sie Proviant für vierzehn Tage, und auch sonst alles Notwendige, doch nichts Überflüssiges mit hatten. Was die Pferde anging, riet Seebeck, sie nach der Ankunft einfach loszulassen; sie würden dann ohne weiteres nach Hause laufen. Felix und Fräulein Erhardt müßten dann allerdings zu Fuß heimkehren. Auf dem Hinwege brauchten sie aber unbedingt die Pferde, des Transportes ihrer Sachen wegen.

Noch vor der Morgendämmerung brachen sie auf, und gerade, als sie das Volkshaus erreichten, hob sich die Sonne über den Horizont. Der Nachttau verschwand bald von den Steinen, aber trotz des wolkenlosen Himmels wurde es nicht heiß. Die Spitze des Vulkans lag vollkommen frei von Wolken und Schleiern vor ihnen.

Sie ritten in langsamem Trabe an dem Staubecken vorbei und kamen auch zu der Stelle, wo sich Felix und Hedwig damals zur Umkehr entschlossen hatten. Erst zur Mittagsstunde stiegen sie von den Pferden. Felix öffnete einige Konservenbüchsen und bot Fräulein Erhardt vom Inhalte an. Als sie gegessen hatten, warf er sich auf den Boden, zog eine seiner Kartenskizzen hervor und bemühte sich, sich über ihren gegenwärtigen Standort zu orientieren. Fräulein Erhardt saß inzwischen auf einem Stein und schaute abwechselnd auf ihren Reisegenossen und auf die starre Steinwüste. Nach zweistündiger Rast brachen sie wieder auf. Sie hielten streng die Richtung auf den Vulkan ein, mußten aber immer größere Umwege machen, um tiefe Spalten im Boden zu umreiten. Das Gelände wurde auch immer welliger, und gleichzeitig trat mehr und mehr Geröll und Grus auf. Das Geräusch vom Flusse her war vollkommen verstummt, aber immer höher und breiter reckte sich der Vulkan. Aus dem regelmäßigen Kegel lösten sich immer größere Vorsprünge heraus, und tiefe Einschnitte zeigten sich an seinen Wänden.

Auch das ganze Bild der Gegend hatte sich verändert. Es gab keine Ebene mehr, aus der sich plötzlich scharf umgrenzt der Vulkan erhob. Ebene und Vulkan kamen einander entgegen, verwischten in ihrer zunehmenden Zerklüftung ihre Gegensätze und verschmolzen zuletzt zu einem wilden Körper.

Fräulein Erhardt und Felix ritten an hohen Felsblöcken

vorbei, mußten oft im Zickzackwege an steilen Geröllhalden hinab- und hinaufreiten. Das Traben war unmöglich geworden, und im mühsamen Schreiten wiegten die kleinen, starken Pferdchen rhythmisch die Köpfe.

Die Spitze des Vulkans war zurückgetreten und zuletzt ganz hinter einer hohen Felswand versunken. Und hier hielten die beiden an, um im Schutze der Felswand die Nacht zu verbringen. Sie nahmen das Gepäck von den Pferden, gaben ihnen den letzten Rest des mitgebrachten Heus zu fressen, nahmen ihnen dann das Zaumzeug ab und banden es an den Sätteln fest. Die klugen Tierchen blieben erst schnuppernd stehen, gingen einige Schritte heimwärts und wandten dann wieder die Köpfe nach Felix zurück. Da dieser aber keine Miene machte, sie zurückzuhalten, setzten sie sich in langsamen Trott und waren bald hinter den Felsen verschwunden.

Während Fräulein Erhardt und Felix fast schweigend ihr Abendessen einnahmen, wurden die Schatten unheimlich lang und kalt, krochen an den Felswänden empor, hier und da leuchtete noch eine Spitze, ein Vorsprung –

Wenige Minuten später war es dunkel, und sofort legte sich ein schwerer Tau auf Gesicht und Kleider.

Felix zündete eine kleine Lampe an und ordnete in ihrem schwachen Lichtscheine die mitgebrachten Sachen. Er rollte die Schlafsäcke auf und stellte die Konserven in eine kleine Spalte, die er – um sie vor den Sonnenstrahlen zu schützen – noch mit einem flachen Steine zudeckte. Dann kroch er in seinen Schlafsack, gähnte, wünschte Fräulein Erhardt eine gute Nacht und schlief fest ein. Fräulein Erhardt aber blieb noch lange auf ihrem Steinblock sitzen; zuweilen bewegte sie fröstelnd die Schultern. Zuletzt ging sie vorsichtig zu Felix, kniete neben den Schläfer hin, beugte ihr bleiches Gesicht über ihn und küßte ihn leise auf die Stirn. Felix rührte sich nicht. Da ging Fräulein Erhardt gesenkten Hauptes zurück und legte sich endlich zur Ruhe.

Als sie am Morgen aufwachte, war Felix fort. Sie sprang schnell auf und brachte ihre zerdrückten Kleider, so gut es sich machen ließ, in Ordnung. Felix kam erst nach einer Stunde. Er war beim Flusse gewesen und hatte Wasser geholt. Er setzte das Wasser über den Spirituskocher und sagte:

»Wissen Sie, was ich herausgefunden habe, Fräulein Erhardt? Wir sind vom Wege ein tüchtiges Stück nach links abgekommen. Die Spalten, von denen Paul mir erzählt hat, habe ich sehn können, wie ich zum Fluß ging. Hier ist sicher überhaupt noch nie ein Mensch gewesen. Am liebsten möchte ich die Spalten in Frieden lassen und noch weiter nach links, also nach Süden, gehn.«

Er stürzte in großer Hast seinen Tee hinunter und ging dann zum nächsten Hügel, wo er eine mächtige Steinpyramide errichtete.

»So, jetzt können wir unsere Sachen immer wieder finden«, sagte er. »Sind Sie fertig?«

Fräulein Erhardt war fertig und bereit, ihm zu folgen.

Sie gingen an der Felswand entlang und kamen nach einer halben Stunde an eine Geröllhalde. Hier stiegen sie höher hinauf, bis sie an einen Absatz kamen, von dem aus sie Umschau halten wollten. Aber sie konnten nicht weit sehen; hätten sie nicht gewußt, daß sie sich am Abhange des Vulkans befanden, der sich hoch über die Ebene reckte – hier hätten sie es nicht feststellen können, denn an allen Seiten sahen sie nur ein Gewirr von Felsen und Schutthügeln, das jede Aussicht versperrte. Nur an einem einzigen Punkte, gerade zwischen zwei Basaltfelsen, konnten sie die Ebene und sogar ein Streifchen des hellschimmernden Meeres sehn.

Sie gingen weiter; Felix immer zwanzig Schritte voraus. Das Gefälle war jetzt viel geringer, und das Geröll wurde oft durch Strecken von graublauem Sande und Lehm unterbrochen, aus dem oft kleine Quellen entsprangen, die aber alle bald wieder im Gerölle verschwanden. Plötzlich schrie Felix leicht auf: er war mit dem einen Bein bis zum Knie in ein Schlammloch gesunken. Fräulein Erhardt eilte erbleichend zu ihm, aber er hatte sich schon wieder beruhigt und zeigte ihr lachend das schmutzige Bein und das Loch, in dem sich jetzt gurgelnd trübes Wasser ansammelte. Aber Felix war durch den Vorfall vorsichtiger geworden; er umging die immer häufiger auftretenden feuchten, dunklen Strecken, bis sie endlich wieder auf festen Basaltgrund kamen. Hier sah Felix auf die Uhr: sie waren schon drei Stunden ununterbrochen gestiegen. Dann setzte er sich auf einen Stein, um Fräulein Erhardt zu erwarten, nahm sich einen Stein und kratzte den Schmutz vom Strumpf und Stiefel. Naserümpfend warf er den Stein fort, denn das Zeug hatte einen widrigen, fauligen Geruch.

Als Fräulein Erhardt neben ihm stand, reichte er ihr eine Tafel Schokolade und rückte gleichzeitig etwas auf seinem Steine zur Seite, um auch ihr Platz zu machen. Aber sie bemerkte es nicht; nachdenklich knabberte sie an der Schokolade und blickte dabei vor sich auf den Boden.

Etwas gelangweilt und mißvergnügt sah Felix sie an; aber dann wurden seine Züge plötzlich weich, und er wandte sich ab.

»Sehen Sie doch, wie schön es hier ist«, sagte er und streckte die Hand aus.

Fräulein Erhardt sah erst ihn mit ihren großen, schwarzen Augen an, dann drehte sie sich ganz langsam umher. Jetzt waren die Felsen, die ihnen vorher den Blick versperrt hatten, tief unten versunken. Sie hoben sich kaum merkbar

über die Ebene, die breit und flach dort unten lag. Ein
schmales Silberband – der Fluß – zog sich in Windungen
hindurch; dort lag ein kleiner hell spiegelnder Fleck – das
Staubecken, und hinten, weit hinten, das Meer –

Fräulein Erhardt hatte die Hand auf Felix' Schulter gelegt,
und er empfand wohlig den leichten Druck. Aber dann
merkte er ihre Wärme durch seine Kleider dringen, und das
verursachte ihm ein unbehagliches Gefühl. Er stand auf:

»Wir haben keine Zeit, Fräulein Erhardt, wenn wir heute
noch hinauf wollen«, sagte er.

»Dann lassen Sie uns weitergehn«, antwortete sie einfach
und schlug die Augen nieder.

Sie stiegen weiter. Plötzlich blieb Felix stehen.

»Riechen Sie nichts, Fräulein Erhardt?« fragte er.

Sie sog die Luft ein:

»Ja, das ist doch Meergeruch!« sagte sie erstaunt.

Felix schüttelte den Kopf:

»Ich finde es auch. Aber das ist doch ganz unmöglich. Wir
sind doch ganz weit vom Meere, und außerdem so hoch –«

Aber je höher sie kamen, um so stärker wurde der
unverkennbare Tanggeruch. Außerdem waren immer wieder
große, feuchte Lehmflecke zwischen den Felsen. Um sie zu
umgehn, mußten sie mehrmals an den zackigen Felsen
emporklettern.

Auf einmal lag wieder die Spitze des Vulkans in ihrer
bekannten Form vor ihnen, nur daß sie jetzt in der Nähe
scharf und zackig aussah. Aber zwischen dem Vulkane und
ihnen lag in einem langen und breiten Becken grünlich und
fett schimmernd ein großer See. Jetzt nach dem heißen

Sommer war der Wasserspiegel weit zurückgetreten, und die lehmigen Ufer waren mit ungeheuren Massen von Tang und vertrockneten Algen bedeckt.

Skelette von Fischen lagen zu Tausenden herum, ebenso die Reste von großen Seesternen und Krebsen.

Jetzt kam ein Windhauch und trieb Fräulein Erhardt und Felix den Gestank ins Gesicht. Trotzdem machte sich Felix an den Abstieg, während Fräulein Erhardt oben blieb. Sie sah ihm nach, wie er von Stein zu Stein hinuntersprang und dann unten am Rande des Wassers entlang ging. Nach einer Weile kam er, hochrot im Gesicht, den Abhang wieder hinaufgestürmt.

»Wissen Sie was, Fräulein Erhardt?« rief er, noch ganz atemlos. »Im Wasser wimmelt es von Fischen und Krebsen! Es sieht genau so aus, wie in der Irenenbucht.«

Sie gingen einige Schritte zurück, so daß sie der Geruch nicht mehr so belästigte. Dann fragte Fräulein Erhardt:

»Wie wollen Sie diese sonderbare Erscheinung erklären, Herr von Zeuthen?«

Felix dachte nach.

»Paul glaubt ja, daß die ganze Insel in etwas anderer Form schon früher da war, untersank und dann jetzt bei der Bildung des großen Vulkans wieder aufstieg. Es wäre ja möglich, daß wir hier den früheren Krater vor uns haben, in dem sich unter dem Meere alle die Tiere und Pflanzen angesiedelt haben. Wie die Insel aufstieg, hat sich diese ganze abflußlose Schüssel mit ihrem ganzen Inhalte mit gehoben und bildet jetzt tausend Meter über dem Meere einen Salzsee. Das muß ich Allan erzählen, der wird gleich etwas großartiges daraus machen.« Und Felix begann gleich Fräulein Erhardt großzügige Pläne zu entwickeln, wie man

111

durch eine regulierte Wasserzufuhr verhindern könnte, daß der Spiegel sich in der Trockenheit senkte. Die konstante Höhe des Wassers wäre die erste Grundlage für weitere Arbeiten. Dann müßte man Fische hineinbringen, die sowohl im Meere wie in Flüssen leben könnten und die sich dann dem langsamen, aber unvermeidlichen, allmählichen Salzverluste des Wassers anpassen würden. Und ebensolche Pflanzen. Dann Vögel herlocken, den überflüssigen Tang als Dünger für Anlagen verwenden – oh, es würde schon alles gehn; Allan würde hier mitten in der Steinwüste ein Paradies schaffen.

Sie gingen weiter, des Geruches wegen immer so, daß ein Wall zwischen ihnen und dem See lag. Zuweilen konnten sie es sich doch nicht versagen, die paar Schritte hinaufzulaufen, um sich das Wasser wieder anzusehen, das sich mehr und mehr zur Seite schob. Gleichzeitig versank die Spitze des Vulkans wieder hinter vorspringenden Felsen. Nun konnten Fräulein Erhardt und Felix wieder höher steigen, aber nur schräg aufwärts, so daß sie immer mehr nach rechts gerieten. Jetzt befanden sie sich ungefähr über ihrem Schlafplatze, eine halbe Stunde über der Quelle des Flusses und dann über jenem Gewirre von Schluchten und Rissen. Der See war vollkommen verschwunden.

Plötzlich hielt Felix an; er faßte erregt Fräulein Erhardts Hand:

»Sehn Sie dort unten, was ist jetzt das?«

Fräulein Erhardt sah hin: in etwas geringerer Höhe, als in der, wo sie standen, lagen rötlich-gelbe Erdwellen, aus denen Dampf entstieg, hier als verteilter Dunst, dort in kleinen, festen Strahlen.

»Wollen Sie hingehn?« fragte Fräulein Erhardt.

»Natürlich, da müssen wir hin.«

»Aber dann kommen wir heute nicht mehr auf den Vulkan.«

»Dann gehn wir morgen hin. Wir haben ja Zeit. Aber das da muß ich untersuchen.«

Und er ging so schnell, lief lange Strecken, daß Fräulein Erhardt ihm nicht zu folgen vermochte. Als sie erst die halbe Strecke zurückgelegt hatte, kam ihr Felix schon wieder entgegen.

»Sehen Sie, was ich hier habe!« rief er und zeigte ihr einige grobkörnige, gelbliche Steinbrocken.

»Ist das nicht Schwefel?« fragte sie erstaunt.

»Ja, alle die gelben Hügel da unten bestehen aus Schwefelbrei und Lehm. Man muß vorsichtig sein, daß man da nicht versinkt. Und überall sind heiße Quellen, die entsetzlich nach Schwefelwasserstoff riechen. Gott, wie schön ist das alles.«

Fräulein Erhardt sah erst dem Knaben in das heiße, strahlende Gesicht und wandte sich dann langsam ab. Sie ließ den Blick über die weite Ebene schweifen, die, vom vielfach gewundenen Flusse durchzogen, dort unter ihnen lag. Sie folgte mit dem Auge der großen Linie des Horizontes, wo Meer und lichtblauer Himmel sich trafen, sie sah auf die starren Steinblöcke um sich, sah die Spitze des Vulkans in die Höhe ragen –

»Ist es nicht prachtvoll, daß es hier so etwas gibt?« sagte Felix ungeduldig und etwas ärgerlich.

Mit einem gütigen Lächeln wandte sie sich ihm zu.

»Gewiß ist das schön«, sagte sie. »Glauben Sie, daß es eine praktische Bedeutung hat?«

Felix wurde eifrig. Natürlich müßte man hier

113

Schwefelminen anlegen –

Ob es ihm nicht leid täte, die Unberührtheit der Natur zu zerstören? Oh, Allan würde es so machen, daß es eine Verschönerung, eine Funktion der Natur würde, eine natürliche Fortentwicklung, wie das Wachsen des Mooses auf den Felsen.

»Allan und immer wieder Allan!« dachte Fräulein Erhardt und sah zu Boden. »Hat er denn keinen Gedanken mehr für andere Menschen übrig?«

»Was machen wir jetzt?« sagte Felix. »Auf die Spitze können wir nicht mehr kommen. Es ist ja schon vier Uhr. Wir können noch gerade vor der Dunkelheit unten sein. Dann haben wir aber morgen wieder dieselbe Geschichte. Ich glaube, es wäre am vernünftigsten, einfach hier zu übernachten. Ich habe noch drei große Konservenbüchsen mit Fleisch und eine ganze Masse Schokolade in meinem Rucksack. Damit können wir, wenn wir etwas sparen, gut noch zwei Tage auskommen.

Sobald wir dann wieder unten sind, können wir uns wieder satt essen. Was meinen Sie dazu?«

Fräulein Erhardt sah sich um und suchte sich vorzustellen, wie man hier auf den nackten Steinen schlafen sollte.

»Ja«, sagte sie etwas zögernd.

»Gut, dann steigen wir jetzt noch so hoch wir können. Vielleicht können wir dann schon morgen Abend wieder unten sein.«

Sie stiegen noch zwei Stunden. Der Weg bot keine besonderen Schwierigkeiten mehr, so daß sie im Gehen wirklich die immer großartiger werdende Aussicht genießen konnten.

Als sich die Sonne dem Horizonte näherte, sahen sie, daß sie nur noch wenige Stunden bis zum Gipfel brauchen würden. Eine kleine Terrasse mit Lehmboden und einem kleinen Wässerchen wählten sie als Schlafplatz. Felix knöpfte seine Jacke zu, steckte die Hände in die Hosentaschen, wünschte Fräulein Erhardt eine gute Nacht und schloß die Augen. Sie sah ihn mit ihren großen Augen an, sah im rasch fortschreitenden Dunkel seine Knabengestalt undeutlicher und undeutlicher werden. Sie fröstelte, sie zitterte; Angst und Sehnsucht überfielen sie. Mit einem Aufschrei warf sie sich auf den Schläfer und küßte ihm Augen und Mund.

Felix erwachte wieder, machte eine Bewegung, wie um sie abzuschütteln und zog sie dann tief aufatmend an sich.

DIE Nachricht von Felix' Entdeckungen erweckte naturgemäß großes Interesse in der Stadt. Paul Seebeck schlug ihm vor, er solle im Volkshause einen Vortrag über seine Reise mit Fräulein Erhardt halten; aber dazu ließ sich Felix nicht bereit finden.

»Ich habe die Sache schon so oft erzählt; ich kann sie nicht noch einmal erzählen«, sagte er.

Dabei hatte er sie mit allen Einzelheiten – doch nicht denen rein persönlicher Natur – und allen seinen Gedanken, die sich an das Geschehene knüpften, nur einem Einzigen ordentlich erzählt, und das war Edgar Allan. Und wenige Tage darauf – der Architekt hatte nur einige dringende Arbeiten fertig gemacht – ritten er und Felix, trotz des feinen, aber ständigen Regens, der die Regenzeit einleitete, zum Vulkane.

Als sie nach einigen Tagen zurückgekehrt waren, bewahrten sie absolutes Stillschweigen über die Resultate ihrer genauen

Untersuchungen. Aber die beiden, der Mann und der Knabe, saßen täglich stundenlang zusammen.

Erst nach zwei Wochen waren sie so weit, daß sie die Vorsteher ins Vertrauen zogen, und gleichzeitig erschien eine kleine Notiz in der »Inselzeitung« des Inhalts, daß sich die Schwefellager als abbauwert erwiesen hätten.

In der nächsten Monatsversammlung der Gemeinschaft legte dann Jakob Silberland die von Edgar Allan und Felix ausgearbeiteten und von der Vorsteherschaft gutgeheißenen Pläne vor. Es handelte sich um nichts weniger, als die Errichtung einer zweiten Stadt dort auf halber Höhe des Vulkans; einer Stadt, die sich gleicherweise um das Schwefelgebiet wie den See gruppieren sollte. Die Schwefelminen sollten abgebaut, die Quellen aber zu Heilzwecken verwendet werden. Am Seeufer sollten die Wohnhäuser liegen. Otto Meyer verteilte Vervielfältigungen von Edgar Allans Skizze, aus denen in großen Zügen die geplante Verbindung von Minenstadt und Bade- und Luftkurort zu ersehen war.

Die Kredite, die zur Durchführung notwendig waren, waren nicht groß; Edgar Allan verlangte nur die Anlage einer für Lastautomobile fahrbaren Straße zum Vulkane und die Anschaffung der wenigen Maschinen, die zur Hebung des fast an der Oberfläche liegenden Schwefels dienen sollten. Die späteren Anlagen sollten aus der Hälfte der Erträgnisse der Schwefelminen bestritten werden, wobei die andere Hälfte der Gemeinschaft zufallen sollte. Und diese Kredite wurden natürlich ohne Widerspruch bewilligt.

Darauf bat Jakob Silberland um Urlaub aus seinem Amte bis zur nächsten Jahresversammlung, wo er sich über die endgiltige Niederlage seines Mandats entscheiden würde. Vorläufig wollte er die geschäftliche Leitung des neuen Unternehmens übernehmen. Der erbetene Urlaub wurde

ihm gewährt, und als sein Stellvertreter wurde der durch
Zuruf vorgeschlagene Herr de la Rouvière gewählt, der die
Wahl mit einigen Dankesworten annahm.

DR. Jakob Silberland hatte Otto Meyer aufgesucht, mit
dem er ein Gesetzbuch für die Gemeinschaft auf der
Schildkröteninsel entwarf, und jetzt standen sie von ihrer
Arbeit auf. Der Nationalökonom reckte sich und sagte:

»Sie sind eigentlich der Einzige hier, der eine wirklich
gemütliche Wohnung hat; Ihre wunderschönen,
orientalischen Teppiche und die dunklen Möbel –«

»Na, wissen Sie was, Doktor. Die schöne Frau wohnt doch
noch ganz anders.«

Jakob Silberland zuckte die Achseln:

»Weiß nicht. Sie hat ja alles sehr nett und sehr
geschmackvoll eingerichtet, aber ich kann bei ihr nun mal
nicht warm werden. Ich glaube, sie hat zu viel Luft in ihren
Zimmern.«

Der lange, blonde, jüdische Referendar lachte:

»Ja, da haben Sie wieder mal recht; nichts auf der Welt
macht eine Wohnung so gemütlich, wie Staub und alter
Tabaksrauch – ein Lehrsatz, den man übrigens auch gut
und gern auf die große Welt übertragen kann. Finden Sie es
vielleicht hier in unserem reinlichen und korrekten Staat
gemütlich? Ich muß zu meiner Schande gestehen, daß ich
mich zuweilen nach den ehrwürdigen, europäischen
Spinngeweben sehne.«

Jakob Silberland war ernst geworden; er dachte einen
Augenblick nach, dann sagte er eifrig:

»Sie können nicht so die Parallele zwischen Zimmer und Welt ziehen. Was im Zimmer erlaubt ist, kann draußen ein Verbrechen sein. Im Gegenteil fürchte ich, daß wir schon einige Spinnen hier haben, und wir müssen für einen kräftigen Besen sorgen, um die Gewebe wegzufegen.«

Otto Meyer klopfte ihm auf die Schulter:

»Nehmen Sie die Geschichte nicht so tragisch. So war es nicht gemeint.«

»Das weiß ich schon; Sie wollten nur einen Witz machen. Aber gerade im Witze sagt man oft Dinge, die man sonst nicht auszusprechen wagt.«

»Aber liebster Doktor, Sie brauchen meine Worte nicht als Bibelweisheit aufzufassen. Ich kann Ihnen versichern, daß ich kein Philosoph bin.«

»Gerade deshalb – Halloh!«

Es hatte geklingelt und Melchior war eingetreten. Er war augenscheinlich ohne Mantel gekommen, denn er triefte von Wasser.

»Guten Tag, Herr wissenschaftlich gebildeter Bauarbeiter!« Mit diesen Worten begrüßte ihn Otto Meyer und schüttelte ihm die Hand.

»Störe ich?« fragte Melchior und blieb an der Türe stehen.

»Durchaus nicht«, sagte Jakob Silberland und ging auf ihn zu. »Im Gegenteil, Sie sind uns sehr willkommen. Nachher kommt auch Seebeck. Wir wollten später zu Ihnen gehn; wir haben Wichtiges mit Ihnen zu besprechen.«

»Einen Augenblick«, sagte Otto Meyer und ging in sein Schlafzimmer, aus dem er mit einem großen, rosa Bademantel zurückkehrte, den er mit ernsthaftem Gesicht um Melchiors Schultern hängte. Er stülpte ihm auch die Kapuze über den Kopf.

»So«, sagte er, »jetzt werden Sie sich nicht erkälten.«

Melchior ließ sich alles ruhig gefallen. Er setzte sich, und seine heißen, tiefliegenden Augen wanderten zwischen den Beiden hin und her.

»Was wollen Sie von mir?« fragte er.

Otto Meyer zog die Hängelampe herunter, nahm Kuppel und Zylinder ab, putzte den Docht und zündete ihn dann an. Dabei sagte er:

»Ich soll ein neues Amt übernehmen, und da wollten wir Sie fragen, ob Sie an meine Stelle rücken wollten.«

Melchior schüttelte langsam den Kopf:

»Das geht nicht«, sagte er, »das wissen Sie ja.«

»Hören Sie mal«, sagte Jakob Silberland. »Wir wissen ja alle, aus welchen Motiven Sie bisher die Übernahme eines Amtes abgelehnt haben und einfacher Arbeiter geblieben sind. Sie wollten Studien machen und dabei Ihrem Studienobjekte so nah wie möglich sein. Das ist nicht nur verständlich, sondern sogar sehr vernünftig. Jetzt liegen sie aber so, daß wir Ihre Mitarbeit brauchen, dringend brauchen, und deshalb bitten wir Sie, aus dem Zuschauerraum auf die Bühne zu steigen.«

Melchior schüttelte den Kopf:

»Wir gingen von der Voraussetzung aus, daß alle Arbeit gleichwertig sei; deshalb muß es gleichgiltig sein, ob ich

Vorsteher der Gemeinschaft oder Maurer bin.«

»Nein, da irren Sie sich gewaltig«, sagte Jakob Silberland mit hochgezogenen Brauen und ging nervös im Zimmer auf und ab. »Allerdings betrachten wir alle Arbeit als gleichwertig, was sich schon darin äußert, daß alle Arbeiter den gleichen Lohn beziehen. Doch ist dabei selbstverständliche Voraussetzung, daß jeder an dem richtigen Platze steht. Es ist eine doppelte Verschwendung menschlicher Energie, den geistigen Arbeiter an die körperliche Arbeit zu stellen, die er doch nicht so versehen kann, wie der Muskelmensch. Das ist doch die Grundlage einer jeden vernünftigen Gesellschaftsordnung, daß jeder ganz genau die Arbeit tut, zu der er am besten geeignet ist. Das ist doch gerade der Wahnsinn der üblichen Gesellschaftsordnungen, daß die Angehörigen gewisser Familien geistige Berufe ergreifen müssen, wenn sie auch tausendmal besser zu Handwerkern paßten, während der geborene geistige Arbeiter aus der Unterklasse nur in Ausnahmefällen auf den ihm seiner natürlichen Anlage nach zukommenden Platz kommt.«

Melchior war aufgesprungen. Erregt wollte er seinen Arm ausstrecken, aber der verfing sich in den Falten des Bademantels, ein Vorgang, der Otto Meyer ein Schmunzeln entlockte. Er verbiß es aber und sagte:

»Und dann noch eins, Herr Melchior: Sie haben ja Ihr berühmtes Problem, auf dessen Lösung wir alle gespannt sind. Schaun Sie mal, bis jetzt haben Sie die Geschichte von unten angesehn, wie wäre es, wenn Sie sie auch einmal von oben ansähen? Glauben Sie nicht, daß Ihnen dann manche Dinge klarer würden? Das wäre doch auch ein Gesichtspunkt, nicht wahr?«

Melchior hatte den Bademantel abgestreift.

»Oh Gott, oh Gott, was sagen Sie mir da alles, darüber werde ich nachdenken. Aber ich glaube, Sie haben Recht, meine Herren.«

»Na also«, sagte Otto Meyer und unterdrückte ein Gähnen.

Melchior war dicht an ihn herangetreten.

»Aber ich begreife die Menschen noch nicht, mit denen ich jetzt jahrelang tagtäglich zusammenarbeite. Wäre es nicht besser, solange bei ihnen zu bleiben, bis ich wirklich die Gesetze ihres Lebens kennte?«

Otto Meyer machte ein nachdenkliches Gesicht:

»Vielleicht, ja wahrscheinlich, werden Sie die Sache dann gerade besser verstehen können, wenn Sie etwas Abstand gewinnen. Sie können ja dann später mit neuen Gesichtspunkten an dieselben Probleme gehen.«

Melchior setzte sich wieder und starrte vor sich hin. Dann hob er die Augen und sah den blonden Juden an.

»Sehen Sie, Herr Referendar«, sagte er langsam, »deswegen kam ich zu Ihnen. Ich wollte Sie um Ihre Meinung fragen. Sie erinnern sich doch gewiß noch an jene Gespräche, besonders an das letzte, wo Herr Edgar Allan seine Theorie vortrug. Sie haben natürlich auch darüber nachgedacht. Sehen Sie, die eine, sehr interessante Frage, weshalb man die staatlichen Formen im weitesten Sinne, das, was Herr Edgar Allan kurz die Begriffe nennt, sowohl als fortgeschrittener, wie auch als zurückgebliebener in bezug auf den tatsächlichen Zustand der Menschheit ansehen könnte, möchte ich beiseite lassen. Denn mir scheint – ich bitte Sie, passen Sie auf, meine Herren – daß jene Begriffe mit den Gesetzen, nach denen die Menschheit tatsächlich lebt und sich entwickelt, überhaupt nichts zu tun haben.«

»Donnerwetter!« rief Jakob Silberland und fuhr sich mit der Hand durch das lange, blauschwarze Haar.

»Herr Doktor Silberland, ich bitte Sie, sich folgendes zu überlegen: stellen Sie sich doch eine chinesische Millionenstadt ohne Verwaltung, ohne Gesetze und ohne Polizei vor, die trotzdem lebt, wie ein geordneter Organismus lebt, nur durch die ungeschriebenen, inneren Gesetze erhalten –«

»Wie lange waren Sie in China, Herr Melchior?« fragte Otto Meyer interessiert.

»Ich? Ich war nie da, aber ich kann mir doch vorstellen, wie das ist.«

»Hm. Ich meine, wenn Sie China nicht so genau kennen, es wäre doch immerhin möglich, wenigstens denkbar, daß die chinesischen Städte auch wie die unserigen eine geordnete Verwaltung hätten.«

Melchior schwieg und dachte nach. Dann sagte er:

»Aber dann denken Sie doch bitte an einen Ameisenhaufen, der doch wohl die geordnetste Organisation auf der Welt darstellt – wo ist da Verwaltung und Regierung? Und doch geht alles in der besten Ordnung.«

Melchior sah, daß es um Otto Meyers Mund zuckte, und er fürchtete eine indiskrete Frage nach dem Ursprung seiner Kenntnisse der Ameisen. Deshalb fuhr er schnell fort:

»Die Beispiele tun gar nichts zur Sache. Tag für Tag habe ich diese ungeschriebenen Gesetze herausgefühlt und ich weiß, daß ich deshalb mit meinen Arbeitskollegen keine wirkliche Fühlung gewinnen konnte, weil ich diese instinktiven Gesetze intellektuell suchte.«

»Sie suchen Probleme, wo es keine gibt«, sagte Jakob

Silberland. »Die ungeschriebenen Gesetze, die Sie sehr richtig als die instinktiven bezeichnen, sind die, die sich aus den natürlichen, animalischen Bedürfnissen des Menschen: Hunger, Liebestrieb und so weiter ergeben. Die geschriebenen Gesetze dagegen stellen eine recht hilflose Kodifikation dieser aus den animalischen Bedürfnissen im weitesten Sinne sich ergebenden praktischen Folgerungen für die Sozietät dar, die immer in ihrem tatsächlichen Zustande die genaueste Abwägung der realen Stärke- und Bedürfnisverhältnisse darstellt. Die Gesetze hinken natürlich immer nach. Und das ist ja unser Bestreben hier, so wenig wie irgend möglich mit festen Gesetzen zu arbeiten, sondern alles so fluid zu lassen, wie es geht. Gesetze stellen in ihrer starren Abstraktion immer einen Fremdkörper im zuckenden, lebendigen Organismus der menschlichen Gesellschaft dar.«

Melchior ließ die Hand schlaff auf die Stuhllehne fallen:

»Da sitzen wir wieder fest. Aber Dr. Allan scheint doch recht zu haben, wenn er sagt, daß die Begriffe ein eigenes, lebensfremdes Dasein führen. Und wie ist das möglich, daß sie gleichzeitig ein höheres und ein tieferes Niveau als die Menschheit darstellen! In diesem Rätsel liegt doch der Schlüssel zum Problem verborgen.«

Otto Meyer räusperte sich:

»Wahrscheinlich ist die Sache einfach so, daß man sie, von zwei verschiedenen Gesichtspunkten aus betrachtend, verschieden sieht. Vom Tale aus gesehen sind sie hoch, vom Berge aus erscheinen sie tief, weil sie eben auf halber Höhe liegen.«

Melchior sprang auf. Seine Augen waren aufgerissen:

»Ich bitte Sie, mehr! Wie ist Ihr Gedankengang?«

Otto Meyer lachte:

»Um Gotteswillen beruhigen Sie sich. Ich habe gar keinen Gedankengang. Ich meinte nur ganz harmlos, daß wenn Sie behaupten, daß der Teppich grün ist, Silberland ihn dagegen für gelb hält, er vermutlich auf der einen Seite grün und auf der anderen gelb ist.«

Melchior sah ihn verständnislos an; dann sank er gleichsam in sich zusammen. Nach einer Weile sagte er leise:

»Ich weiß, daß Sie mich verspotten, und doch haben Sie mir damit geholfen. Ich sehe jetzt wieder den Weg vor mir. Ich danke Ihnen.«

»Bitte, bitte, gern geschehen«, sagte Otto Meyer und stand auf. Er hatte draußen Schritte gehört. Es war Paul Seebeck.

»Ah, Melchior, Sie«, sagte er eintretend. »Schön, daß ich Sie hier treffe. Dann können wir die Sache ja gleich besprechen. Ich habe nämlich fast gar keine Zeit. – Grüß Gott, Jakob.«

»Wir haben Herrn Melchior schon die Sache vorgetragen; er ist auch einverstanden«, erklärte Jakob Silberland.

»So? Schön. Es handelt sich also darum«, sagte Paul Seebeck, sich setzend, »daß das bisherige Verfahren, bei dem alle Streitigkeiten von der Monatsversammlung geschlichtet werden, auf die Dauer nicht durchführbar ist. In Zukunft soll die Monatsversammlung nur noch Berufungsinstanz sein, vielleicht sogar erst dritte Instanz. Zunächst sollen alle Sachen jedenfalls von einem Richter entschieden werden, vor allem die reinen Bagatellsachen. Ob wir als nächste Instanz die Vorstandschaft nehmen, oder gleich die Monatsversammlung, müssen wir uns noch überlegen. Praktisch kommt es ja auf dasselbe hinaus, da die Versammlung ja fast immer gemäß den Vorschlägen der Vorstandschaft beschließt. Na, wir werden sehen, wie sich das am besten formulieren läßt. Jedenfalls soll Otto Meyer der Richter sein. Und Sie würden wir bitten, seine Stellung zu übernehmen. Wenn Sie einverstanden sind, würde ich Ihnen vorschlagen, bis zur nächsten Jahresversammlung als Otto Meyers Gehilfe zu arbeiten, um mit den Geschäften vertraut zu werden. Auf der Jahresversammlung lassen wir dann entsprechend beschließen. Die Sache wird uns natürlich ohne weiteres genehmigt; die Leute sind ja nur froh, wenn wir ihnen wieder ein Stück Denkarbeit abnehmen. Sind Sie einverstanden?«

»Ja, Herr Seebeck, ich würde ja gern ein Amt übernehmen, seitdem ich eingesehen habe, daß meine Anschauungen einseitig bleiben müssen, solange ich nur einfacher Arbeiter bin. Aber hinter dem, was Sie jetzt sagten, liegt noch so viel verborgen, was ich erst durchdenken muß. Wollen Sie mir nicht einige Tage Bedenkzeit lassen?«

»Ich kann es nicht, lieber Melchior. Es ist unmöglich. Ich habe alles aufs Genaueste durchdacht und weiß, daß es richtig ist. Ich bitte Sie, sich jetzt sofort zu entscheiden.« Seebeck hatte seine Augen kalt und streng auf Melchior gerichtet, und dieser krümmte sich unter dem Blick. Endlich sagte er:

»Herr Seebeck, ich vertraute Ihnen, als ich hierherkam. Ich tue es auch jetzt noch, obgleich ich Sie nicht mehr verstehe. Ich nehme Ihren Vorschlag an.«

»Ich danke Ihnen«, sagte Seebeck aufstehend. »Aber jetzt muß ich wieder an meine Arbeit.«

Er ging aber nicht nach Hause, sondern an den Strand. Dort saß er, trotz des strömenden Regens, lange auf einem Steine und sah zu, wie ein Licht nach dem andern erlosch. Zuletzt auch die Straßenlaternen. Da erhob er sich, und der große, starke Mann ging langsam, mit schleppenden

Schritten wie ein Kranker, die Straße hinauf. Vor Frau von Zeuthens Haus blieb er stehen; nur die verhängten Fenster ihres Schlafzimmers waren erleuchtet. Wie er weitergehen wollte, hörte er bei ihrer Haustüre ein Geräusch. Schnell trat er etwas zur Seite und sah hin. Die Tür wurde geöffnet, und eine dunkle Gestalt trat heraus, sah sich scheu um und kam dann mit seltsamen Schritten näher. Paul Seebeck sah den kurzen Oberleib mit den langen Armen. Kein Zweifel: es war der Krüppel.

Das Licht in Frau von Zeuthens Schlafzimmer erlosch.

Paul Seebeck ließ Herrn de la Rouvière vorbei gehen und im Dunkel verschwinden. Dann richtete er sich stramm auf, biß die Zähne zusammen und ging nach Hause.

Auf seinem Schreibtisch stand Frau von Zeuthens Bild; er nahm es, sah ihm lange in die Augen, küßte es und setzte sich dann an seine Arbeit.

SCHON als die Schwefelquellen erst notdürftig eingefaßt waren, und die ersten Baracken am See standen, bildete der »Vulkan«, wie die entstehende Stadt kurz genannt wurde, einen beliebten Ausflugsort. Die schweren Lastautomobile waren auch zur Mitnahme einiger Personen eingerichtet, aber das genügte bald nicht mehr. Sobald die Straße gebrauchsfertig war, ließ Jakob Silberland als Geschäftsführer einige Personenautomobile kommen, die den täglich anwachsenden Verkehr kaum zu bewältigen vermochten. Natürlich war es unmöglich, in der Schnelligkeit genügende Unterkunftshäuser zu schaffen, aber da fand Edgar Allan einen Ausweg. In den Schluchten am Fuße des Vulkans ließen sich mit ganz geringer Mühe mit Hilfe von Segeltuchdächern und Fußmatten Wohnstätten improvisieren, die im warmen, regenlosen

Sommer ausreichten.

Es kamen auch Fremde zum »Vulkan«; die Durchreisenden, die oft einige Tage oder Wochen auf der in Deutschland natürlich vielbesprochenen Schildkröteninsel verweilten, versäumten nicht, die neuentstandene zweite Stadt zu besuchen, und nachdem erst die großen Schwefelbäder in ordnungsmäßen Betrieb gesetzt worden waren, wurden sie nicht zum geringsten Teil von den Besuchern der Insel benutzt.

Einer der ersten Besucher war übrigens ein Herr von Hahnemann, ein bei Neu-Guinea stationierter Marineoffizier, der auf der Schildkröteninsel seinen Urlaub verbrachte. Dieser Herr von Hahnemann fiel eigentlich besonders durch seine Wißbegierde auf; man sah ihn oft stundenlang mit einfachen Arbeitern im Gespräch. Auch hatte er bei den Vorstehern und einigen anderen hervortretenden Persönlichkeiten, wie Nechlidow, Herren de la Rouvière und Frau von Zeuthen Besuche gemacht und wurde auch von diesen gelegentlich eingeladen.

Einige Tage vor seiner Abreise kam Herr von Hahnemann zu Paul Seebeck, um sich zu verabschieden. Paul Seebeck empfing ihn, wie er schon so manchen derartigen Besucher empfangen hatte, mit dem sehnlichen Wunsche, daß dieser ihn bald wieder allein ließe. Da Herr von Hahnemann aber blieb, fragte er ihn nach Verlauf einer Stunde:

»Haben Sie vielleicht ein besonderes Anliegen? Wenn ich Ihnen irgend eine besondere Aufklärung geben könnte –?«

»Sie sind außerordentlich liebenswürdig«, antwortete der Offizier mit einer leichten Verbeugung. »Entschuldigen Sie die etwas indiskrete Frage mit meinem großen Interesse: wie denken Sie sich die Zukunft, Herr Seebeck?«

Paul Seebeck sah ihn zweifelnd an. Dann stand er auf und

ging zum Fenster.

»Ich verstehe Ihre Frage nicht recht. Wir werden so weiterarbeiten wie bisher.« Und dabei sah er seinem Besucher gerade in die Augen.

»Pardon, gewiß. Ich meinte aber, wie denken Sie sich in Zukunft Ihre persönliche Stellung zu der Sache?«

»Solange ich das Vertrauen der Mehrheit habe«, sagte Paul Seebeck ziemlich schroff, »bleibe ich hier auf meinem Posten.«

Herr von Hahnemann stand auf:

»Aber die haben Sie ja nicht mehr. Auf der letzten Jahresversammlung sind Sie von einer Minorität nur deshalb gewählt worden, weil sich die oppositionellen Stimmen auf zwei Kandidaten verteilten.«

»Herr von Hahnemann«, sagte Seebeck und trat dicht vor ihn hin. »Ich bin ordnungsgemäß gewählt worden, und damit ist dieser Punkt erledigt. Im Übrigen bedauere ich, mich mit einem Außenstehenden nicht über innere Verhältnisse unserer Gemeinschaft aussprechen zu können.«

»Herr Seebeck, ich verstehe Ihre Erregung über meine taktlosen Fragen durchaus. Ich möchte Sie aber darauf aufmerksam machen, daß ich – nicht nur als Privatmann hier bin.«

Seebeck setzte sich an seinen Schreibtisch und fragte ganz ruhig:

»Sie sind im Auftrage der Reichsregierung hier?«

»Ja«, sagte Herr von Hahnemann. »Es war eine Klage eingelaufen, und ich wurde hierher geschickt, um ihre Grundlagen zu prüfen. Zu meinem Bedauern fand ich sie bestätigt.«

»Darf ich Sie fragen, wer außer Nechlidow die Klage unterzeichnet hat, deren Inhalt ich mir denken kann«, fragte Paul Seebeck zwischen den Zähnen.

»Ich bedaure, Ihnen darauf die Antwort verweigern zu müssen. Sie sagen selbst, daß Sie sich den Inhalt der Klageschrift denken können, damit erübrigt sich, auf die einzelnen Punkte einzugehn. Ich bin völlig unbefangen hierhergekommen und habe alles mit eigenen Augen geprüft, besonders das Protokoll jener Sitzung. Da ich mich leider von der Stichhaltigkeit jener Klage überzeugen mußte, sehe ich mich zu meinem Bedauern genötigt, von meinen Vollmachten Gebrauch zu machen. Sie müssen die Reichsregierung verstehen, Herr Seebeck. Wenn hier nur einige Idealisten auf einem unfruchtbaren Felseneilande säßen, könnte man sie ja in Gottes Namen machen lassen, was sie wollten, und ihre Experimente mit Wohlwollen und Interesse betrachten. Da es sich jetzt aber schon um Hunderte handelt, die Zahl der Ansiedler wahrscheinlich noch bedeutend steigen wird, und ferner das Interesse des Reichs an diesem Teile seines Kolonialbesitzes durch die Schwefelfunde noch erhöht ist, ist es nicht nur das gute Recht, sondern die Pflicht des Reiches, hier absolut korrekte Zustände zu schaffen.«

Er machte eine Pause, als erwartete er eine Antwort; aber Paul Seebeck sagte nichts, sah ihm nur ruhig ins Gesicht. Der Offizier wurde nervös unter diesem Blicke; er holte aus seiner Brusttasche einige Papiere, sowie ein kleines Etui hervor.

»Herr Seebeck, auch für den Fall, daß sich jene Klage als stichhaltig erweisen sollte, will die Reichsregierung in Anbetracht Ihrer unbestreitbaren großen Verdienste Ihnen auch nur den Schatten einer Demütigung ersparen. Sie verlangt nichts, als daß Sie Ihr Mandat als Reichskommissar niederlegen, und wird dann von sich aus einen neuen ernennen. Was wir gesprochen haben, bleibt unter uns. Und hier haben Sie noch einen ausdrücklichen Gnadenbeweis.« Dabei legte er das kleine Etui auf den Schreibtisch.

»Das Ding enthält vermutlich einen Orden«, sagte Paul Seebeck aufstehend. »Bitte stecken Sie ihn wieder ein. Wollen Sie so liebenswürdig sein, mir eine Frage zu beantworten: Was wird geschehen wenn ich mich jetzt weigere, das Reichskommissariat freiwillig niederzulegen?«

Der Offizier war aufgesprungen:

»Überlegen Sie sich, was Sie sagen.«

»Ich habe es mir überlegt.«

»Das ist ein Affront.«

Seebeck zuckte die Achseln:

»Nicht gegen Sie, verehrter Herr von Hahnemann. Sie sind ja nur Werkzeug. Sie spielen in einer Komödie mit, glauben Regisseur zu sein und sind nur Puppe. Soll ich Ihnen sagen, weshalb ich gehen soll? Nicht, weil es hier schlecht geht, nicht weil ich meine Stellung mißbraucht habe, sondern weil alles gut geht, besser geht, als es sich die Herren dort in Berlin je träumen ließen. Weil wir mit unserer Arbeit vorwärts kommen. Wir haben hier etwas Brauchbares geschaffen, haben die Durchführbarkeit gewisser Utopieen erwiesen, und das ist der springende Punkt. Alles andere ist ja nur Vorwand. Einige kleine Schwierigkeiten, die die Durchführung einer großen Sache naturgemäß mit sich führt, die Nörgeleien und Quertreibereien irgendwelcher Personen, die gar nicht verstehen, worum es sich hier handelt, geben den bequemen Vorwand, um alles zu vernichten. Ein Reichskommissar aus Berlin hier, hier in meinem Werke! Nein mein Freund. Nehmen Sie Ihr Ding da mit und schämen Sie sich, bei einer so unwürdigen Komödie mitzuwirken. Erzählen Sie den Herren in Berlin, daß Paul Seebeck nicht für einen lausigen Orden sein Lebenswerk verkauft. Das Reichskommissariat lege ich nicht nieder.«

»Ich will – durchaus gegen meine Gewohnheit – die Spitze überhört haben, die meine Person betrifft, um die unerhörte Beschuldigung zurückzuweisen, die Sie gegen die Reichsregierung gerichtet haben. Sie fühlen sich in einer schwachen Position und sehen deshalb voll ungerechtfertigter Bitterkeit auf alle anderen. Überlegen Sie sich doch: die Reichsregierung hat Sie mit dem größten Wohlwollen behandelt; was soll die Regierung aber anders tun, als Ihnen in schonendster Form den Abschied nahezulegen, wenn sich die Mehrzahl Ihrer eigenen Bürger gegen Sie erklärt? Und mehr, wenn die Klage sich als berechtigt erweist? Sie selbst tragen allein Schuld an dieser Wendung der Dinge, jetzt müssen Sie auch die Konsequenzen ziehen. Legen Sie das Reichskommissariat nieder!«

»Ich tue es nicht!«

»Dann wird man Sie dazu zwingen!«

»Versuchen Sie es!« sagte Paul Seebeck und ging in sein Schlafzimmer, dessen Tür er hinter sich zuschlug.

SOBALD die »Prinzessin Irene« mit Herrn von Hahnemann an Bord die Anker gelichtet hatte, berief Paul Seebeck die Vorsteher der Gemeinschaft zu sich und zwar die offiziellen Inhaber der Ämter, nicht ihre ständigen Stellvertreter. Das war auffällig, denn die ständigen

Stellvertreter, wie zum Beispiele Herr de la Rouvière, pflegten sonst immer zu den Sitzungen zugezogen zu werden. Paul Seebeck schickte auch Fräulein Erhardt fort, die gewöhnlich bei den Sitzungen das Protokoll geführt hatte, und schloß aufs Sorgfältigste alle Türen und Fenster seines Arbeitszimmers. Seine Freunde sahen erstaunt seinem Tun zu; als er ihnen aber dann seine Unterredung mit Herrn von Hahnemann erzählt hatte, die schon drei Tage zurücklag, über die beide Teilnehmer aber bisher völliges Stillschweigen bewahrt hatten, begriffen sie ihn. Ein langes Schweigen folgte seinem Berichte.

Als erster ergriff Herr von Rochow das Wort:

»Man kann Nechlidow nicht einmal einen Vorwurf machen; er hat nur aus den reinsten Motiven heraus gehandelt, freilich ohne die Tragweite seines Vorgehens auch nur im Entferntesten zu übersehen.«

»Ach wissen Sie was, Herr von Rochow«, unterbrach ihn Paul Seebeck müde, »es mußte einmal so kommen. Ob Nechlidow oder ein anderer nun den entscheidenden Schritt tat. Aber bei Gott«, rief er aufstehend, »ich lasse mir mein Werk nicht zerstören. Und was würde es helfen, daß die Leute einen von unseren Leuten zum Kommissar machen; sie werden schon dafür sorgen, daß es ein richtiger Eunuche ist, der ihren Willen tut. Was eine unfähige Verwaltung aus lebenskräftigen Kolonien machen kann, sieht man ja deutlich genug aus unseren afrikanischen Kolonien.«

»Besonders, wenn man an die englischen Nachbarkolonien denkt«, sagte Jakob Silberland.

»Gehen wir doch zu England«, sagte Otto Meyer gemütlich; »die werden uns schon in Frieden lassen; die Engländer wissen, daß die Kolonieen von Männern gemacht werden und nicht von Korpsstudenten.«

Seebeck sah ihn starr an.

»Bitte«, sagte er.

»Ich meine«, sagte Otto Meyer, »wir haben keinen Grund, das positive Resultat unserer Arbeit zerstören zu lassen, bloß weil einige Geheimräte im Kolonialamt Bauchschmerzen haben. Wenn die Deutschen eine anständige Kolonie nicht haben können, erklären wir uns für autonom und lassen uns dann von England annektieren. Sowas läßt sich doch machen, deswegen braucht man doch nicht gleich tragisch zu werden.«

»Das wäre Revolution«, sagte Hauptmann a. D. von Rochow ernst.

Paul Seebeck dachte nach; dann fuhr er heftig auf:

»Ist das unsere Schuld? Was gehen wir das Reich an? Wir haben den Leuten nicht einen Pfennig gekostet; alles haben wir allein gemacht, mit unserer Arbeit, unserem Gelde. Jetzt wo die Sache nahezu vollendet ist, wollen sie es nicht etwa übernehmen, um es in unserem Sinne fortzuführen, sondern sie wollen es zerstören. Ich bitte Sie, stellen Sie sich doch hier einen Berliner Gouverneur vor! Oder noch schlimmer, einen hiesigen Idioten, der die Puppe der Herren da oben ist! Aber das erlaube ich nie! Vorläufig bin ich hier.«

»Also, erwäge doch meinen Vorschlag. Ich glaube, das ist der einzige Ausweg.«

Jakob Silberland stand auf und trippelte auf seinen kurzen Beinchen im Zimmer auf und ab:

»Wir wollen doch zunächst mal überlegen, was jetzt geschehen wird. Vom nächsten Hafen aus telegraphiert der Mann nach Berlin, daß Seebeck sich weigert, freiwillig zurückzutreten; die Antwort lautet wahrscheinlich, daß

Herr von Hahnemann Vollmacht erhält, Seebeck abzusetzen, und entweder er oder ein anderer wird vorläufig Reichskommissar hier, bis sie den richtigen Idioten herausgefunden haben. Hahnemann kann vor einem Monat überhaupt nicht wieder hier sein; das wäre das allerfrüheste. Vorläufig kann man Seebeck nichts tun. Daß er sich weigert, freiwillig seinen Abschied zu nehmen, ist kein Verbrechen. Kritisch wird die Sache erst, wenn ihm das Reichskommissariat entzogen wird, und er sich nicht darum kümmert. Dann kommt ein Kriegsschiff und nimmt ihn als Aufrührer mit. Bis dahin würde aber mindestens ein zweiter Monat vergehen. In diesen zwei Monaten müßte alles entschieden sein; denn wenn wir offenen Aufruhr begehen und uns nicht durchsetzen, sind wir verloren.«

Seebeck hatte sich wieder gesetzt; ruhig sagte er:

»Kinder, ihr beide wißt Bescheid im Staatsrecht. Existiert denn überhaupt eine Möglichkeit, sich von England annektieren zu lassen?«

»Gewiß, die Möglichkeit ist da. Einer von uns müßte mit dem nächsten Schiffe nach Sidney und sehen, was er dort ausrichten kann«, sagte Jakob Silberland eifrig.

»Wenn Herr von Rochow als Fachmann mir helfen will, baue ich Ihnen in sechs Wochen Befestigungen auf, die dem Kriegsschiff eine harte Nuß zu knacken geben werden. Eine Landung zu verhindern, ist bei unserem Hafen eine Kleinigkeit, einige Seeminen genügen«, fügte der hagere Architekt hinzu.

»Ich beschwöre Sie, meine Herren, überlegen Sie sich, was Sie tun wollen! Revolution, Vaterlandsverrat!« rief Herr von Rochow.

»Das Vaterland hat uns verraten, nicht wir das Vaterland«, sagte Paul Seebeck scharf. »Aber ich will Sie zu nichts verleiten, was Ihrem Gewissen widerspricht. Noch ist es Zeit für Sie alle, sich zurückzuziehen. Ich aber bleibe hier ...«

»Und ich bleibe bei Ihnen«, sagte Herr von Rochow und ergriff Seebecks Hand. »Ich bleibe bei Ihnen, was auch kommen mag.«

»Ich auch«, sagte Otto Meyer und zündete sich eine Zigarette an.

»Wo bekommen wir aber das Geld her?« fragte Jakob Silberland. »Es handelt sich doch jedenfalls um Hunderttausende.«

»Wir müssen es uns natürlich ganz korrekt bewilligen lassen«, erklärte Otto Meyer, »sonst wird die Sache zu deutlich. Wir sagen einfach, daß bei der dauernden Spannung zwischen England und Deutschland die Befestigung unvermeidlich ist. Und da wir ja leider Spione im Lande haben, können wir sagen, daß die Bewahrung militärischer Geheimnisse in einem kleinen Kreise – hier also in der Vorsteherschaft – eine absolute Notwendigkeit ist. Übrigens wäre es am besten, in aller Heimlichkeit so viel zu bauen, wie nur irgend geht und sich die Kredite nachträglich bewilligen zu lassen. Denn wenn man draußen erfährt, daß wir befestigten, wird das Kriegsschiff mit Windeseile angerannt kommen.«

Paul Seebeck war ans Fenster getreten und blickte hinaus:

»Schade, schade, daß es so kommen mußte.« sagte er.

»Was brauchen wir eigentlich,« wandte sich Otto Meyer an Herrn von Rochow, »eine Strandbatterie und –«

Hauptmann a. D. von Rochow schüttelte den Kopf:

»Eine Strandbatterie hat gar keinen Sinn; die schießt ein Kriegsschiff in einer Viertelstunde zusammen. Nein, ein schweres Festungsgeschütz und einige Maschinengewehre hier oben für alle Eventualitäten genügen. Das Hauptgewicht müssen wir auf die Seeminen legen. Die natürlich mit elektrischer Zündung von hier oben aus.«

»Ist das nun alles eine Kette von Zufällen oder war es eine Notwendigkeit? Mußte es so kommen?« sagte Seebeck, noch immer am Fenster stehend und hinausblickend.

»Zerbrich dir darüber nicht den Kopf«, sagte Otto Meyer und klopfte ihm auf die Schulter, »die Probleme sind dem tüchtigen Melchior reserviert. Wir können ja handeln, brauchen also nicht nachzudenken.«

»Bravo!« rief Edgar Allan.

Und dann begannen die Vorsteher der Gemeinschaft, die zu unternehmenden Schritte bis in die kleinste Einzelheit zu beraten. Erst bei Tagesgrauen trennten sie sich, und da war alles beschlossen.

WIE schon oft in der letzten Zeit holte Nechlidow seine junge Freundin um fünf Uhr vom Kindergarten ab, nachdem Hedwig ihre kleinen Schützlinge entlassen hatte.

Die beiden gingen schweigend durch die lange, einreihige Fischerstraße bis zur letzten Landspitze, die die bewohnte Bucht von der Irenenbucht schied.

»Wissen Sie, Hedwig, was Herr von Hahnemann mitgenommen hat?« fragte Nechlidow, als sie dort auf einer gewaltigen Klippe saßen, »Paul Seebecks Abschiedsgesuch.«

Hedwig sah ihn erschreckt an:

»Woher wissen Sie das?«

»Ja, ich weiß es. Herr von Hahnemann war hier, um die Richtigkeit meiner Klagen zu prüfen; er hat mir selbst gesagt, daß er sie in allen Punkten berechtigt gefunden hätte. Ich sprach ihn, gerade als er zu Herrn Seebeck hinaufgehen wollte. Ja, jetzt ist es mit Seebecks Selbstherrschaft vorbei – jetzt werden wir die Sache wieder in Ordnung bringen.«

»Sind Sie ganz sicher, daß Sie Recht haben?« fragte Hedwig leise.

»Seien Sie nicht traurig, liebe Hedwig. Es tut mir selbst um Seebeck leid, denn ich achte ihn als Menschen. Aber die Sache geht vor. Und Seebeck ist schwach, viel zu schwach, um sie durchzuführen. Seien Sie aufrichtig, was ist von den Idealen übrig geblieben, mit denen wir hierher kamen? Wodurch unterscheidet sich unsere »Gemeinschaft« von irgend einem beliebigen Staate? Nur durch Phrasen. In Wirklichkeit ist alles genau dasselbe. Sehen Sie, Hedwig, in jener entscheidenden Sitzung in Berlin sagte ich zu Paul Seebeck, daß es nur ein Mittel gäbe, um nicht in die Verlogenheit aller anderen Staaten hineinzugeraten, und daß dieses das absolute Festhalten an der menschlichen Vernunft sei. Er gab mir recht, er ist intelligent genug, das einzusehen, aber zu schwach, es durchzuführen. Der Todfeind aller Kultur, aller Fortentwicklung der Menschheit, die Sentimentalität liegt ihm so tief im Blute, daß sie stärker als alle Vernunft ist. Hier brauchen wir Männer, klare, vernünftige Männerköpfe, Kerle wie Herrn de la Rouvière, aber keine träumerischen, weibischen Dichter wie Seebeck.«

Hedwig hatte ihm ängstlich zugehört:

»Aber Paul ist doch so gut.«

»Eben deshalb muß er fort. Das ist ja gerade sein Fehler. Güte, Liebe – was sind das für Begriffe. Mißverstandene

Naturtriebe. Heutzutage lieben Männer einander; was ist das für ein Unsinn! Oder ein Mann und eine Frau lieben einander, aber kommen aus irgend einem Grunde nicht zusammen. Denken Sie doch nur alle die kindischen Romane. Liebe ist der Wunsch nach dem Kinde, also ist sie nur dort wahr und nicht verlogen, wo zwei Menschen zusammen ein Kind haben wollen, sonst nicht. Seitdem wir aber das wissen, brauchen wir doch keine Dichter und keine Gefühle mehr. Wir haben doch die Vernunft, und die verirrt sich nie; wie oft tun das aber die unklaren, mystischen Gefühle. Sehen Sie doch, was so ein Gefühl für Bocksprünge macht: aus dem Triebe nach dem Kinde wird die Liebe, die alles mögliche verbindet, was mit dem Wunsche nach dem Kinde, nach der Zukunft der Menschheit, nicht das Geringste mehr zu schaffen hat; aus der Liebe wird die Güte und aus Güte und Rücksichtnahme nach allen Seiten ruiniert Seebeck diesen Staat, der eine neue Menschheit hätte gebären können. Ach was hätte hier werden können, wenn Seebeck stark gewesen wäre.«

»Aber hier geht alles doch so gut –« unterbrach ihn Hedwig schüchtern.

»Ungeheure Lügen sind hier gebaut, und die florieren glänzend, das ist wahr.«

Hedwig war aufgestanden und wandte sich langsam der Stadt zu. Nechlidow ging ihr nach und faßte sie bei der Hand:

»Liebe Hedwig« – sagte er bittend.

Aber sie riß sich los. Aus ihren großen, braunen Augen quollen Tränen.

»Ich will kein Kind von Ihnen haben, Herr Nechlidow«, sagte sie mit zuckenden Lippen. Dann machte sie sich schnell von ihm los und lief der Stadt zu.

Nechlidow folgte ihr langsam.

ALS die Kredite für die in Hinblick auf die Spannung zwischen England und Deutschland notwendigen Befestigungen bewilligt wurden, war nicht viel mehr zu tun, als das Festungsgeschütz zu montieren, das zusammen mit den beiden Maschinengeschützen in der bombensicheren Kasematte im Felsen unter Seebecks Haus Platz finden sollte. Denn Hauptmann von Rochow hatte als Fachmann diese Stelle als die geeignetste gewählt, ganz abgesehen davon, daß sich nur hier die Arbeiten in völliger Heimlichkeit hatten vornehmen lassen. Ein mit Stahlplatten bedeckter Schacht führte von Paul Seebecks Kohlenkeller mehrere Meter tief hinab, und dort unten war ein Gewölbe ausgehauen, in dem die Geschütze stehen sollten.

Nur drei lange, schmale Schießscharten führten hinaus, und die lagen gerade über den Dächern der auf der nächsten Terrasse stehenden doppelten Häuserreihe, so daß diese fast mit Sicherheit die den Geschützen zugedachten Schüsse auffangen würde.

Die Seeminen hatten die Vorsteher in mehreren Nächten allein versenkt, und ihr Lageplan war in den Händen der Archivarin gut aufgehoben. Es war nicht so schwer, diese Arbeiten in voller Heimlichkeit auszuführen, als vielmehr gleichzeitig auch den Ausbau des »Vulkans« zu versehen, zum mindesten scheinbar, damit die plötzliche Arbeitseinstellung dort oben kein Mißtrauen erweckte.

Aber es ging. Die vier Männer arbeiteten mit eiserner Energie Tag und Nacht – nur vier waren sie jetzt, denn Jakob Silberland weilte in Sidney, wie es hieß, um größere Abschlüsse über den gewonnenen Schwefel zu erreichen. Und auf den riesigen Kisten, die die Geschützteile und die

Munition enthielten, stand harmlos das Wort: »Maschinen«.

Sechs Wochen nach seiner Abreise kam Herr von Hahnemann wieder zur »Schildkröteninsel«. Diesmal auf einem Torpedoboot. In Paradeuniform stieg er ans Land und begab sich eine Stunde später zu Paul Seebeck. Dieser empfing ihn mit gelassener Höflichkeit und bat ihn, Platz zu nehmen. Der Offizier dankte mit einer Verbeugung, blieb aber stehen, während Paul Seebeck sich an seinen Schreibtisch setzte.

»Sie bringen mir meine Abberufung, Herr von Hahnemann?« fragte er ruhig.

»Herr Seebeck, bei der großen persönlichen Achtung, die ich für Sie hege, erlaubte ich mir, in meinem Berichte unsere letzte Unterredung wohl wahrheitsgetreu, doch – etwas harmloser zu schildern, als sie sich zugetragen hat. Es steht Ihnen noch heute frei, freiwillig das Reichskommissariat niederzulegen; trotz allem.«

»Ich tue es nicht«, antwortete Paul Seebeck und sah ihm gerade ins Gesicht.

»Ist das Ihr letztes Wort?«

»Ja.«

»Dann habe ich hiermit die Ehre, Ihnen kraft meiner Vollmachten Ihr Abberufungsschreiben zu überreichen«, sagte der Offizier und legte ein versiegeltes Kuvert auf den Schreibtisch. »Wollen Sie die Liebenswürdigkeit haben, mir den Empfang zu bestätigen.«

»Mit Vergnügen«, antwortete Paul Seebeck, entnahm einer Schublade einen Briefbogen und schrieb einige Zeilen darauf. »Ist es so recht?« Und er reichte dem Offizier das Blatt, das dieser aufmerksam las und es dann in seine

Brieftasche schob.

»Gewiß, Herr Seebeck. Ich danke Ihnen. Damit ist die Sache erledigt. Ich verstehe aber nicht, weshalb Sie es so weit kommen ließen.«

»Ich pflege einem Briefträger nicht die Unterschrift für einen eingeschriebenen Brief zu verweigern – wozu soll ich dem nichtsahnenden Manne Schwierigkeiten machen. Er erfüllt ja nur seine Pflicht. Jetzt ist also der Brief ordnungsgemäß mein Eigentum geworden, und ich kann damit machen, was ich will.« Damit nahm er das versiegelte Kuvert und zerriß es mit seinem Inhalt in kleine Fetzen, die er in seinen Papierkorb warf. Dann wandte er sich wieder dem Offiziere zu und sah ihm ruhig ins Gesicht.

Herr von Hahnemann trat einen Schritt zurück; sein Gesicht war kreidebleich.

»Wissen Sie, was das heißt?« rief er.

»Ja«, sagte Paul Seebeck, »das heißt Aufruhr.«

»Wollen Sie sich denn dem aussetzen, daß man Sie mit Waffengewalt zwingt, den Willen der Reichsregierung anzuerkennen?«

»Was wollen Sie damit sagen, Herr von Hahnemann?« fragte Paul Seebeck freundlich.

Der Offizier hatte sich wieder etwas gefaßt. Seine Stimme bekam etwas vom scharfen Kommandoklang, als er sagte:

»Ein Kriegsschiff wird kommen und Sie als Gefangenen mitnehmen.«

»Ach so einfach ist die Sache? Aber wenn ich mich nun mit Gewalt der Gewalt widersetze?«

»Dann werden Sie standrechtlich erschossen.«

Paul Seebeck stand auf; er überlegte einen Augenblick. Dann ging er an dem Offizier vorbei zur Wand, hob ein Gemälde vom Nagel, wobei eine Stahlplatte sichtbar wurde, die der Tür eines in die Mauer eingelassenen Geldschrankes ähnlich war. Dann zog er einen Schlüsselbund aus der Tasche und blickte auf:

»Sie sind Marineoffizier, nicht wahr?«

Herr von Hahnemann neigte bejahend den Kopf.

»Dann sind sie auch natürlich imstande, Entfernungen auf dem Wasser abzuschätzen. Darf ich Sie bitten, hier ans Fenster zu treten? Danke. Sehen Sie die letzte flache Klippe dort rechts? Schön. Sehen Sie in gerader Richtung drei Kilometer weiter. Bitte halten Sie den Punkt im Auge.«

Seebeck war an den Schrank getreten und öffnete das Geheimschloß. Bei dem Geräusch wandte sich der Offizier unwillkürlich wieder nach ihm um und sah, daß der Schrank ein Tastbrett wie das einer Schreibmaschine enthielt.

»Ich habe Sie ersucht, jenen Punkt im Auge zu behalten«, sagte Paul Seebeck scharf. Der Offizier kniff die Lippen zusammen und blickte wieder hinaus. Paul Seebeck drückte rasch auf einen der Knöpfe und schlug dann die Stahltür zu. Im selben Augenblick erhob sich bei dem angegebenen Punkte auf dem Meere eine gewaltige Wasserpyramide, blieb einige Sekunden stehen und brach dann in sich zusammen. Erst eine halbe Minute später klang ein dumpfes Grollen herüber. Der mit Schaum bedeckte Wasserspiegel war in wilde Bewegung geraten. Selbst im Hafen schaukelten die Schiffe.

Herr von Hahnemann sah Seebeck stumm an; dann verbeugte er sich und verließ das Zimmer.

Er ging so schnell er konnte die Straße hinunter, an allen denen vorbei, die ihn wieder erkannten und ansprechen wollten, und stand eine Viertelstunde später in Herrn de la Rouvières Haus.

Der Krüppel bestürmte ihn mit Fragen, aber Herr von Hahnemann schüttelte nur unwillig den Kopf. Er fragte:

»Wissen Sie, daß die Insel befestigt ist?«

Herr de la Rouvière fuhr erstaunt auf:

»Daß sie befestigt ist? Das ist doch unmöglich. Erst vorgestern wurde doch die Befestigung beschlossen.«

Herr von Hahnemann lachte kurz auf:

»Herr Seebeck scheint keine große Achtung vor der Monatsversammlung zu haben. Jedenfalls ist die Insel schon befestigt, und die Versammlung hat etwas zu bauen beschlossen, was faktisch schon da ist. Er wird es wohl schon oft so gemacht haben. Ich will Ihnen etwas sagen«, fuhr er fort, wobei er dicht an den Krüppel herantrat, »ich habe Herrn Seebeck die Enthebung aus seinem Amte mitgeteilt, die er aber ignoriert. Er muß also mit Gewalt entfernt werden. Hier ist kein anderer Ausweg tunlich. Bei den Befestigungen ist es aber ohne Blutvergießen nicht möglich, und das zu verhindern ist meine Pflicht. – Sie haben sich ja Ihres großen Einflusses und Ihrer Verbindungen hier gerühmt; beweisen Sie mir jetzt, daß Sie wahr gesprochen haben. Und dann – die Reichsregierung kann Herrn Nechlidow als früherem, russischem Flüchtling kein Amt übergeben, aber Ihnen, dem Träger eines alten Adelsnamens, der Sie außerdem hier praktisch in die Geschäfte eingearbeitet sind, könnte ich das Reichskommissariat übertragen. Die Vollmacht dazu habe ich. Die Reichsregierung will unter keinen Umständen einen Kommissar von Berlin hierher senden; sie hat mich beauftragt, einer hiesigen geeigneten Persönlichkeit das Kommissariat zu übergeben, um jeden Schein eines gewaltsamen Eingriffes zu vermeiden. Also schaffen Sie mir die Befestigungspläne und Sie sind Reichskommissar!«

Die Augen des Krüppels glänzten:

»Das wird nicht schwer sein, Herr von Hahnemann. Wenn Sie so liebenswürdig sein wollen, eine halbe Stunde hier zu warten, komme ich mit den Plänen.«

»Wissen Sie denn, wo sie sind?«

»Jedenfalls doch im Archiv; und Frau von Zeuthen ist meine gute Freundin.«

»Ah!« Über das Gesicht des Marineoffiziers glitt ein gemeines Lächeln.

»Sie verstehen, Herr von Hahnemann? Eine Frau kann aus Edelmut sterben, aber sie kann sich keinem Skandal aussetzen. Am wenigsten sie, die Keusche, Reine, sie, die Unerreichbare, die ich doch erreichen konnte – wie alles andere auch.«

Der Offizier war wieder ganz ernst geworden:

»Wie Sie das machen, ist Ihre Sache. Aber nicht die Originale selbst, die könnten später vermißt werden, sondern Sie müssen die Pläne kopieren, verstehen Sie? Und Niemand darf etwas davon erfahren, dafür müssen Sie sorgen. Sonst wird die Sache einfach verändert, und wir sitzen da.«

»Keine Sorge, Herr von Hahnemann, bleiben Sie nur ruhig hier; ich bin bald wieder zurück.«

Und die langen Arme schlenkernd und eifrig vor sich hinmurmelnd, stolperte der Krüppel die Hauptstraße hinauf.

Bei Frau von Zeuthens Haus angekommen, sagte er dem Dienstmädchen, er käme in Geschäften und wurde natürlich sofort eingelassen.

Mit Siegermiene trat er in Frau von Zeuthens Arbeitszimmer, aber er sank gleichsam in sich zusammen, als er in ihre strahlenden, braunen Augen blickte. Er wollte sich ihr nähern, aber sie hob abweisend die Hand. Da blieb er bescheiden an der Türe stehn.

»Geschäfte, Herr de la Rouvière?« fragte sie ruhig.

»Ja, gnädige Frau. Ich muß Sie um die Befestigungspläne bitten, die Sie ja als Archivarin in Verwahrung haben.«

»Nein«, sagte Frau von Zeuthen, »die Pläne habe ich allerdings. Sie gehn aber nur die Vorsteher an. Und so weit haben Sie es doch noch nicht gebracht.«

Mit eingezogenem Kopfe sah er sie von unten an.

»Gnädige Frau, ich bin – Reichskommissar an Paul Seebecks Stelle.«

Frau von Zeuthen lachte laut auf und sah ihm belustigt ins Gesicht.

Der Krüppel biß die Zähne zusammen.

»Gnädige Frau«, sagte er drohend.

»Wenn Ihre Geschäfte so sonderbarer Natur sind, brauchen wir sie nicht länger zu diskutieren. Gehen Sie, Herr Reichskommissar.« Damit drehte sie ihm den Rücken zu und setzte sich an ihren Schreibtisch.

Mit leisen, schleichenden Schritten näherte er sich ihr. Sie stand auf und wandte sich ihm zu. Mit beiden Händen hielt sie sich rückwärts am Schreibtische fest.

»Weshalb gehen Sie nicht«, sagte sie herrisch, aber ihre Stimme zitterte dabei.

»Ich muß die Pläne haben«, sagte er, dicht bei ihr, und hob dabei die langen Arme mit den schwarzbehaarten Händen.

»Aber ich gebe sie Ihnen nicht und damit gut. Gehen Sie! Jetzt bestätigt sich also meine Vermutung, daß Sie zu den Verrätern gehören. Gehen Sie, mit Ihnen bin ich fertig.«

»Gnädige Frau«, die Stimme des Krüppels war ganz sanft, »Sie scheinen sehr leicht zu vergessen!« Er schritt auf die Tür zu, faßte die Klinke und drehte sich wieder nach Frau von Zeuthen um. »Soll ich wirklich allen Leuten erzählen, was in einer gewissen Nacht zwischen uns vorgefallen ist?« Er richtete sich auf und sagte kameradschaftlich: »Geben Sie mir doch lieber die Pläne.«

Frau von Zeuthen ging zu ihrem großen Schranke, öffnete diesen aber nicht, sondern holte aus dem Winkel zwischen ihm und der Wand Felix' Reitpeitsche hervor. Sie wog sie prüfend in der Hand, trat dann schnell auf Herrn de la Rouvière zu und schlug sie ihm zweimal mit aller Kraft durchs Gesicht. Dann warf sie die Peitsche fort und blieb hoch aufgerichtet vor ihm stehn. Er sah sie eine Weile ganz verständnislos an, griff dann mit beiden Händen an sein schmerzendes Gesicht und taumelte hinaus.

Vor der Haustüre blieb er stehn und nickte bedächtig mit dem Kopfe. Dann ging er langsam, sehr langsam, die Hauptstraße hinauf, am Volkshause vorbei und weiter am Flusse entlang zum Staubecken. Er ging dorthin, wo der Fluß in das Becken eintrat, sah lange auf das Wasser und stieg dann langsam und fröstelnd hinein. Er glitt aus, schrie auf, sah auf der Straße das Lastautomobil halten, sah ihm Leute entsteigen, die ihm zuwinkten, zuriefen; er wollte ans Ufer zurück, aber schon hatte ihn die Oberströmung erfaßt.

Langsam führte sie ihn fort; er hörte das Brausen des Wasserfalles näher und näher, die Strömung wurde stärker, immer stärker, das Brausen kam näher, näher, jetzt –

Sechshundert Meter war die Felswand hoch, von der das Wasser senkrecht in das Meer stürzte.

Und am selben Abende verließ Herr von Hahnemann auf seinem Torpedoboot unverrichteter Sache die Schildkröteninsel.

EINE außerordentliche Versammlung der Gemeinschaft – das war noch nie dagewesen. Und doch war niemand erstaunt, als die Vorsteherschaft durch Maueranschlag zu dieser einlud; es lag so viel ungelöste Spannung in der Luft, soviele Vermutungen waren nur halb ausgesprochen, von Mund zu Mund gegangen, daß alle es als eine Erleichterung empfanden, eine klare Darstellung aller jener unverständlichen Vorgänge zu erhalten. Und das galt nicht nur von der Bürgerschaft – gerade die Vorsteher fühlten stärker als je die Kluft, die sie von den Anderen trennte, und wollten auch Kenntnis von allen dunklen Strömungen erhalten, von denen sie nur den letzten Wellenschlag gefühlt hatten.

Erst als die Gemeinschaft vollzählig versammelt war, betraten die Vorsteher den großen Saal des Volkshauses. Otto Meyer übernahm als Stellvertreter des abwesenden Jakob Silberland den Vorsitz. Sogleich, nachdem auf ein Glockenzeichen Ruhe eingetreten war, mehr als Ruhe: Totenstille, erhob sich Paul Seebeck. Sein Gesicht war bleich, erschreckend bleich, und seine Augen lagen schwarz umrändert tief in den Höhlen.

»Liebe Freunde«, sagte er, »jetzt ist die ernsteste Stunde

gekommen, die wir bis jetzt hier erlebt haben. Jetzt handelt es sich um ein klares Ja oder Nein. Jetzt muß entschieden werden, ob der Staat, den wir alle in treuer Zusammenarbeit errichtet haben, zerstört werden darf oder nicht. Wir können das Unglück noch abwenden. Noch können wir unser Werk uns und unseren Kindern erhalten. Aber ein mutiger Schritt ist dazu notwendig.

Wir haben Verräter im eigenen Lager gehabt, gemeine Schurken, die, um sich selbst vorwärts zu bringen, die Zukunft der Gemeinschaft opferten, und wieder andere, die aus einem falschen, kurzsichtigen Idealismus heraus, in bester Absicht, den Feind ins Land riefen. Vielleicht sehen sie jetzt ein, wie unverantwortlich leichtsinnig sie gehandelt haben und benutzen jetzt die Gelegenheit, ihr Unrecht wieder gutzumachen. Aber auch sie waren nur Werkzeuge, boten nur den erwünschten Vorwand zur Vernichtung unseres Werkes etwas früher, als es sonst geschehen wäre. Was geschah, mußte geschehen, früher oder später, und deshalb hat es keinen Zweck, Betrachtungen über Verschuldungen anzustellen oder Vorwürfe zu erheben. Jetzt muß gehandelt werden. Die Sache liegt so: das Deutsche Reich will uns nicht mehr unsere Freiheit lassen, man sieht dort, daß wir hier die Durchführbarkeit freier Ideen beweisen und fürchtet die Einwirkung dieser Ideen auf die eigenen, innerpolitischen Verhältnisse. Jemand, der die gegenwärtig in Deutschland herrschende ultrareaktionäre Strömung kennt, versteht diese Furcht der zur Zeit regierenden Clique nur zu gut. Das wäre aber doch für uns nur ein Grund mehr, sollte ich meinen, unser Werk bis zum letzten Punkte durchzuführen, statt uns einfach vor Beschränktheit oder Bosheit zu ducken. Jetzt kommt aber eine große, große Frage, die ich Sie in aller Ruhe zu überlegen bitte: wenn wir uns hierher einen schnoddrigen Berliner Assessor setzen lassen, ist zwar unsere Arbeit vernichtet, und wir haben hier Zustände wie im schwärzesten Preußen, aber Sie haben Ruhe. Wenn wir uns aber das nicht gefallen lassen, sind wir Aufrührer und damit rechtlos, nach den heute üblichen Anschauungen nicht viel mehr wie wilde Tiere. Und da wird nicht gefragt weshalb wir uns nicht beugen, die Tatsache, daß wir es nicht tun, genügt. Kein Mensch in dem dumpfen Berliner Ministerium wird verstehen, daß man Menschheitsideale über hündischen Gehorsam stellt. Solche Gedanken sind uns reserviert.

Ich bin aber nicht so verblendet, Sie zu einem nutzlosen Widerstande zu verleiten, der nur den sicheren Untergang von uns allen bedeuten würde. Es gibt einen Ausweg, und das ist dieser: wir erklären uns autonom und lassen uns dann von England annektieren. Als englische Kolonie können wir sicher sein, völlig ungestört weiter arbeiten zu können. Dazu haben wir noch einige Wochen Zeit; Herr Doktor Silberland ist gegenwärtig in Sidney, und ich werde nachher die Versammlung um die Ermächtigung bitten, Herrn Doktor Silberland zur Vornahme der notwendigen Schritte zu beauftragen.

Was ich bis jetzt getan habe, geht nur mich selbst an und kann für keinen anderen Bürger der Gemeinschaft nachteilige Folgen haben, solange sich die Gemeinschaft nicht solidarisch mit mir erklärt. Sie brauchen also nicht zu fürchten, daß ich Sie in irgend eine schwere Situation hineingebracht habe. Sie können ganz frei beschließen.

Wenn Ihnen unsere Sache aber lieb ist«, und Paul Seebecks müde Augen bekamen Glanz und Feuer, »wenn Sie als Männer für Ihr Werk eintreten wollen, dann können wir es retten. Bevor ein Kriegsschiff hier ist, können wir unsere Befestigungen vollenden und können uns halten, bis wir unter englischem Schutze stehen.

Ich mag darüber nichts mehr sagen, ich will Sie zu keinem folgenschweren Entschlusse überreden, den Sie später bereuen. Überlegen Sie es sich in Ruhe.«

Das eiskalte Schweigen, mit dem Paul Seebecks Rede angehört worden war, dauerte noch fort, als er wieder auf seinem Platze saß. Dann erklang hinter ihm eine Stimme:

»Nechlidow soll antworten; wo steckt er?«

Eine andere Stimme antwortete:

»Der kommt nie mehr zu den Versammlungen.«

Und schwer und hart sagte eine dritte Stimme:

»Nechlidow ist ein Lump, mag er sich ersäufen wie der andere. Ich halte zu Herrn Seebeck.«

Jetzt wich die Starre von der Versammlung; man redete, schrie durcheinander, die Gesichter wurden rot, Arme wurden bewegt, der Lärm stieg und stieg –

Paul Seebeck trat wieder auf das Podium, aber er konnte nicht sprechen. Die Leute verließen ihre Plätze, umdrängten ihn, drückten seine Hände, jeder, jeder einzelne wollte ihm Treue geloben.

Paul Seebeck wollte reden, wollte ihnen danken, aber er stammelte nur einige Worte und sank dann bewußtlos um. Er hörte nur noch Edgar Allans schneidend scharfe Stimme:

»Aber jetzt bitte nicht nur Worte, Leute, auch Taten.«

Paul Seebeck wurde in ein anstoßendes Zimmer getragen und Frau von Zeuthen und Otto Meyer übernahmen seine Pflege.

Inzwischen wurden die Verhandlungen unter Herrn von Rochows Vorsitz fortgesetzt. Paul Seebecks Vorschläge wurden einstimmig genehmigt, obwohl sich manche recht zögernd von den Sitzen erhoben. Unter dem brausenden Beifall der Versammlung verkündete Herr von Rochow darauf die Autonomie der Gemeinschaft auf der Schildkröteninsel.

NOCH immer keine Entscheidung von Sidney. Bei der immer stärkeren Spannung zwischen England und Deutschland wäre der Ausbruch eines Krieges in der allernächsten Zeit höchst wahrscheinlich, schrieb Jakob Silberland. Dann wäre die Annektion selbstverständlich. Bis dahin müßte man sich halten.

Und mit allen Kräften wurde gearbeitet. Fünfzig unverheiratete Männer wurden vom Hauptmann von Rochow im Gewehrschießen eingedrillt. Die Vorsteher und außer ihnen Felix und Melchior übten sich an den Geschützen, und manche Klippe da draußen im Meere war von den schweren Granaten des Festungsgeschützes bei Schießübungen getroffen, in die Luft geflogen.

Der »Vulkan« wurde inzwischen zur Aufnahme aller Nichtkämpfer eingerichtet. Welchem Zwecke die Gebäude dort auch ursprünglich bestimmt waren, jetzt wurde alles zu Wohnstätten eingerichtet, sogar die Umkleidezellen des Schwefelbades. Ein Fieber hatte alle ergriffen, ein Freiheitsrausch, und als sich nach fünf Wochen am Horizonte die Rauchsäule des Kreuzers zeigte, wurde er von den kampffrohen Männern mit Jubel begrüßt. Man war bereit, ihn zu empfangen. Vor Seebecks Haus standen in Reih und Glied die Infanteristen mit ihren Mausergewehren, die Stahlläden vor den Geschützscharten in Seebecks Keller waren aufgeklappt und die Geschütze nach vorn gerollt. Vier Meter ragte der hellgraue Lauf des Festungsgeschützes heraus. Es wurde von Edgar Allan und Felix bedient, während Otto Meyer und Melchior an den beiden Maschinengewehren standen.

Oben in Paul Seebecks Arbeitszimmer standen er und Frau von Zeuthen. Vor ihnen auf dem Schreibtische lag der Lageplan der Seeminen; die Stahltür an der Wand stand offen und zeigte die sechzig weißen Tasten.

»Wie weit ist das Schiff jetzt?« fragte Frau von Zeuthen.

Paul Seebeck sah prüfend durch sein Fernglas:

»Zehn Kilometer, schätze ich es jetzt.«

Einige Minuten später hielt der Kreuzer an. Ein weißes Wölkchen erhob sich und eine halbe Minute später rollten drei dumpfe Schüsse über die Stadt.

»Die waren blind!« rief Hauptmann von Rochow herauf.

»Noch zwei Kilometer, und das Schiff kommt in den Bereich unserer Minen.«

Aber der Kreuzer drehte sich auf der Stelle und wandte der Stadt seine Breitseite zu.

»Ja, da draußen konnten wir leider keine Minen legen, es ist zu tief«, sagte Paul Seebeck. »Aber hierher kommen können sie doch nicht. Und Silberland wird ja bald kommen; er weiß ja, daß in diesen Tagen der Kreuzer kommen mußte. Solange müssen wir uns eben halten. Das können wir auch.«

»Und wenn es nichts wird?«

Es zuckte um Paul Seebecks Mundwinkel, als er sagte:

»Sie wissen, daß ich für mein Werk sterben kann.«

Das Haustelephon, das den Keller mit Paul Seebecks

Arbeitszimmer verband, klingelte. Seebeck nahm das Hörrohr:

»Ja.«

»Hier Allan. Was meinen Sie, sollen wir nicht den Salut beantworten? Es ist doch unhöflich, einen Gruß nicht zu erwidern.«

»Schön, aber blind. Wir wollen nicht anfangen.«

Das Haus bebte in seinen Fugen, als der Schuß krachte.

Einige Minuten später kam die Antwort: im Hafen stieg eine Wassersäule auf, der ein doppelter Knall folgte.

»Was jetzt?« – telephonierte Allan herauf.

»Abwarten, ob sie wirklich ernst machen. Je mehr Zeit wir gewinnen, desto besser«, gab Paul Seebeck zurück.

Aber Minute auf Minute verrann, eine Stunde, eine zweite, und nichts geschah.

»Die Herren erwarten wohl, daß wir die bewußte weiße Fahne aufziehen«, sagte Paul Seebeck zu Frau von Zeuthen.

Da hüllte sich plötzlich der Kreuzer in eine einzige Rauchwolke. Im Hafen erhob sich eine ungeheure Wasser- und Staubwolke, der ein donnerndes, krachendes Getöse folgte. Wie sich die Wolke verzogen hatte, sah man, daß alle Hafenanlagen mit der Landungsbrücke und den Lagerhäusern in Trümmern lagen. Die am Quai liegenden Fischerboote waren fast sämtliche verschwunden. Aber das wild wogende Meer war mit Trümmern und Balken bedeckt.

Und Schuß auf Schuß folgte, aber alle galten nur dem Hafen.

»Sie wollen uns so lange schonen, wie es geht, und das

gefällt mir sehr, damit gewinnen wir Zeit«, sagte Paul Seebeck zu Frau von Zeuthen. Dann telephonierte er zu Allan:

»Wir dürfen erst schießen, wenn sie die Stadt selbst beschießen. Nicht vorher.«

Von unten her klangen Rufe, die man bei dem Getöse nicht verstehen konnte. Frau von Zeuthen trat ans Fenster und sah hinunter.

Auf ihrem völlig erschöpften Pferdchen ritt Hedwig die Hauptstraße hinunter, drängte sich durch die Infanteristen und stürmte die Treppe hinauf:

»Der Dampfer von Sidney liegt da hinten, dicht an der Insel; man kann ihn vom Vulkane aus sehen. Herr Silberland ist in einem Ruderboote vom Dampfer abgestoßen, ich konnte ihn ganz deutlich erkennen. Der Dampfer fuhr dann wieder weg.«

Paul Seebeck war aufgesprungen:

»Wo liegt der Dampfer? Wo?«

Hedwig beschrieb ihm die Stelle.

»Hierher rudern! War er allein?«

»Ja.«

»Um Gotteswillen, das sind ja über dreißig Kilometer. Wenn er das aushält. Wann war das?«

»Ich mußte zuerst herunterlaufen und mein Pferd holen. Ich bin so schnell geritten, wie ich konnte. Aber drei Stunden ist es mindestens her.«

»Dann kann er in zwei Stunden hier sein.«

Frau von Zeuthen strich ihrer Tochter über das erhitzte

Gesicht:

»Leg dich etwas auf Pauls Bett, mein Kind, und ruh dich aus. Aber dann mußt du wieder zurückreiten, hörst du?«

»Darf ich nicht hier bleiben, Mutter?«

»Nein, das geht nicht, Kind.«

»Aber Fräulein Erhardt kommt auch, sie geht sogar zu Fuß, ich habe sie überholt.«

»Wenn du ihr auf dem Rückwege wieder begegnest, sag ihr, daß sie umkehren soll«, sagte Paul Seebeck. »Aber geh jetzt Kind und ruh dich etwas aus. Oder willst du etwas zu essen haben?«

Hedwig schüttelte schmollend den Kopf und ging in Paul Seebecks Schlafzimmer.

»Also nur noch zwei Stunden, dann wissen wir Bescheid«, sagte Paul Seebeck aufatmend. »Wenn Silberland es nur aushält.«

Hedwig war in Paul Seebecks Schlafzimmer gegangen, aber sie legte sich nur für einige Minuten auf sein Bett. Leise öffnete sie dann die Tür zum Badezimmer, schlüpfte durch dieses in die Küche und ging die Hintertreppe hinunter. Mit einigen Sprüngen hatte sie unbemerkt die nächsten Häuser erreicht und ging jetzt durch die kleinen Gäßchen, die die einzelnen Terrassen mit einander verbanden, zum Meere hinunter. In kurzen Zwischenräumen schlugen noch immer die Granaten in den Hafen.

Hedwig ging zu Nechlidows Häuschen, das gerade am Anfang der Fischerstraße lag. Mit klopfendem Herzen öffnete sie die Türe und trat ein.

Es war still im ganzen Hause. Hedwig trat ins Wohnzimmer

ein. Hier war es fast dunkel, denn die Fenstervorhänge waren dicht zugezogen.

Nechlidow erhob sich von seinem flachen Sofa zu einer halbsitzenden Stellung.

»Sie kommen zu mir, dem Verfehmten? Wird man Sie nicht steinigen, wenn man das erfährt?«

Ein scharfer Knall in der Nähe, dem ein anhaltendes Prasseln und Krachen von niederstürzenden Mauerteilen folgte, ließ ihn aufstehen. Er trat zum Fenster und zog die Vorhänge zurück. Das gegenüberliegende Haus hatte sich in einen rauchenden Trümmerhaufen verwandelt.

Nechlidow lachte bitter auf:

»Meine Schuld, nicht wahr?«

»Herr Nechlidow«, sagte Hedwig bittend und trat an ihn heran. »Glauben Sie nicht doch, daß Paul recht gehandelt hat?«

»Bei Gott, er hatte nicht recht, und wenn ich tausendmal daran Schuld trage, daß jetzt alles zusammenbricht. Ich habe das nicht gewollt. Ich habe nicht vorausgesehen, daß es so kommen würde. Aber es ist besser, daß diese riesige Lüge zusammengeschossen wird, als daß sie weiter lebt. Wer weiß, vielleicht kommen die englischen Schiffe noch rechtzeitig, und dann baue ich die Stadt wieder auf. Und wenn sie nicht kommen, um so besser, dann ist eine Halbheit weniger auf der Welt.«

»Sind Sie wirklich schuld daran?« fragte Hedwig schüchtern.

Nechlidow legte ihr beide Hände auf die Schultern und sah ihr in die braunen Augen:

»Weshalb kommen Sie mit dieser Frage zu mir?«

»Weil ich wissen will, was Sie sind.«

»Nein, Hedwig, es ist nicht meine Schuld. Die Leute sind daran schuld, sie sind ja alle behext, haben ihr bischen Vernunft ganz verloren. Wenn Seebeck aus lauter Sentimentalität die Dummheit begeht, seine Entlassung zu verweigern, weshalb ihm dann zustimmen, weshalb es zur Revolution kommen lassen! Wir hätten alles so glatt machen können, Seebeck hätte gehen müssen, Rouvière wäre Reichskommissar geworden. Aber da kam wieder der sinnlose Selbstmord von Rouvière dazwischen, und damit war alles verloren. Denn Rouvière hatte die Leute in der Tasche. Ja, und jetzt gehen mir dieselben Menschen, die unsere Klageschrift unterschrieben haben, wie einem Pestkranken aus dem Wege und lassen sich Seebecks schöner Augen wegen von ihm in den Tod führen. Eine Kette von unbegreiflichen Sentimentalitäten war wie immer der Grund alles Unglücks. Mein Fehler war nur, daß ich auf die Vernunft der Menschen vertraute. Das ist die Wahrheit, Hedwig.«

»Aber was soll jetzt kommen? Was werden Sie tun?«

»Ich? Ich warte, bis meine Zeit gekommen ist. Die da drüben mögen sich gegenseitig zerfleischen, wenn sie noch nicht reif für die Vernunft sind. Ich glaube an sie und an ihren endlichen Sieg. Ich glaube an die Menschheit.«

Hedwig sah vor sich hin. Dann schüttelte sie ihren Lockenkopf:

»Wollen wir nicht noch einmal zu unserer Landspitze hinausgehen? Wer weiß, wann wir wieder zusammen sein können.«

Und sie gingen Hand in Hand die Treppe hinunter und traten auf die Straße. Da schoß dicht vor ihnen auf der Straße ein blendend weißes Licht auf. Nechlidow taumelte zurück. Hedwig stieß einen leichten Schrei aus und fiel flach auf das Gesicht.

Nechlidow sprang auf sie zu, hob sie auf, drückte sie an seine Brust – sie schlug die Augen auf, lächelte noch einmal, wollte die Hand heben, aber ließ sie schlaff wieder fallen. Ihr Haupt sank zurück –

Ein Ruderboot wandte sich um die Landspitze, die die bewohnte Bucht von der Irenenbucht schied.

»Das ist Silberland«, rief Paul Seebeck Frau von Zeuthen zu.

Er lief die Treppe hinunter, auf die Straße, schrie Hauptmann von Rochow zu:

»Bleiben Sie hier. Handeln Sie nach Ihrem Gutdünken!« und stürzte dem Hafen zu. Mehrere Granaten schlugen in seiner Nähe ein und bedeckten ihn mit Staub. Unten angekommen, sah er um sich. Alles lag schon in Trümmern.

In der Fischerstraße standen nur noch einige Häuser. Und horch! das Prasseln auf den Steinen, das Klirren an Fensterscheiben, die kleinen Springbrunnen auf dem Meere. Also hatten sie schon die Maschinengewehre in Tätigkeit gesetzt.

Da kam das Ruderboot. Jakob Silberland stand auf und rief etwas, was Seebeck des Lärmes wegen nicht verstehen konnte. Jakob Silberland setzte sich wieder an die Ruder. Jetzt war er nur noch zwanzig Schritte vom Strande entfernt. Wieder stand er auf. Sein Gesicht war verzerrt, Blut floß von seinen Händen herunter. Er schrie:

»Entente cordiale zwischen England und Deutschland; damit ist der Weltfriede endgiltig gesichert.«

Klack, klack, klack klang es im Boote und im Wasser – Jakob Silberland fuhr sich mit der Hand ins lange schwarze Haar und brach dann auf der Bootsbank zusammen. Langsam füllte sich das durchlöcherte Boot mit Wasser und sank.

Paul Seebeck blieb mit verschränkten Armen stehn und sah das Boot versinken.

Da legte sich eine Hand auf seine Schulter und er sah in Nechlidows bleiches Gesicht. An den Kleidern hatte er große Blutflecke. Er fragte:

»Darf ich zusammen mit Ihnen sterben, Herr Seebeck?«

Seebeck reichte ihm die Hand:

»Lassen Sie uns zusammen sterben, Sie für Ihre Idee, ich für mein Werk.«

Nechlidow schüttelte den Kopf:

»Ich sehe nichts mehr, weiß von keiner Vernunft mehr. Ich sehe nur noch einen Strom, dessen Wellen uns in die Höhe hoben, als wir ihn zu leiten glaubten, und der uns jetzt mitleidlos wieder in seine Strudel zieht. Aber ich sehe nicht, wohin er geht. Ich sehe nur noch Sie und will mit Ihnen zusammen sterben.«

»Kommen Sie«, sagte Seebeck. »Wir wollen den anderen sagen, daß wir alle sterben müssen.«

Aber auch oben hatte man Jakob Silberlands Untergang gesehen.

»Jetzt ist es genug!« rief Edgar Allan Hauptmann von Rochow zu. Dieser nickte. Und einige Minuten später donnerte das schwere Festungsgeschütz, begleitet vom Knattern der beiden Maschinengewehre.

Dies war aber nur ein Signal für den Kreuzer, seinerseits das Feuer zu verstärken. Und jetzt galten seine Schüsse nicht mehr dem Hafen. Überall schlugen die Granaten in die obere Stadt. An vielen Stellen brannten die Häuser.

Da kamen Paul Seebeck und Nechlidow zusammen die Straße herauf. Die Leute umdrängten sie, fragten, aber die beiden gingen hinauf in das Seebecksche Arbeitszimmer. Dort trat Paul Seebeck ans Fenster, wartete, bis das Feuer für einen Augenblick verstummte und rief dann mit scharfer klarer Stimme:

»Wir bekommen keine Hilfe von England. Wer ist bereit, mit uns für unser Werk zu sterben?«

Die Gesichter dort unten wurden groß. Wutschreie ertönten. Drohende Fäuste wurden emporgereckt. Aus dem Gebrülle waren nur einzelne Worte verständlich:

»Wir wollen uns nicht hinschlachten lassen!«

»Wir sind verraten.«

»Wir wollen die da oben ausliefern und uns ergeben ...«

»Drehen Sie die Geschichte herum«, sagte Edgar Allan zu Felix, und der gehorchte. Die noch rauchende Mündung des Festungsgeschützes war auf die Infanteristen gerichtet.

Da liefen sie, warfen die Gewehre fort, liefen, was sie konnten, nur fort, dem sicheren Hochlande, dem Leben, der Zukunft zu. Nur einer drehte sich um und feuerte einen Schuß ab, bevor er den anderen gleich sein Gewehr fortwarf.

Edgar Allan brach, ins Herz getroffen, lautlos zusammen.

An seine Stelle trat Nechlidow. Niemand fragte ihn, weshalb er gekommen sei, niemand machte ihm Vorwürfe. Man drückte ihm die Hand, und schweigend trat er an das Geschütz.

Hauptmann von Rochow warf noch einen Blick auf seine fliehenden Soldaten, dann ging er zu Seebeck hinauf.

Seebeck konnte ihm nur flüchtig zunicken, denn jetzt geschah draußen etwas Sonderbares: der Kreuzer stellte sein Feuern ein, und die Dampfbarkasse wurde ins Wasser gesenkt. Von der anderen Seite kam ein bemanntes Boot, das die Barkasse in Schlepptau nahm.

»Hört mit dem Schießen auf«, telephonierte Seebeck hinunter. »Vielleicht kommen die in friedlicher Absicht.« Aber so scharf er auch hinsah, er konnte keine weiße Fahne bemerken.

»Sind denn die Leute wahnsinnig? Sie wissen doch, daß Seeminen da draußen liegen!« rief Seebeck.

Die Dampfbarkasse nahm aber nicht den Weg nach dem Hafen zu, sondern fuhr auf die Landspitze bei der Irenenbucht zu.

»Die glauben, daß da keine Minen liegen und wollen da landen. Herr von Rochow, ich bitte Sie!« Hauptmann von Rochow stürzte zum Tastbrett, und Paul Seebeck beugte sich über den Plan. Die Barkasse kam näher, war jetzt bei der flachen Klippe –

Fragend sah Herr von Rochow Seebeck an, der mit verschränkten Armen und zusammengepreßten Lippen ans Fenster getreten war.

»Siebenunddreißig, achtunddreißig, zweiundvierzig«, sagte er kurz und scharf.

Wie um einen Akkord zu spielen, drückte Hauptmann von Rochow die drei Tasten nieder, und draußen schoß ein ungeheurer Wasserberg in die Luft und stürzte dann mit donnerndem Gebrüll zusammen. Boote und Klippe waren verschwunden.

Herr von Rochow griff sich mit beiden Händen taumelnd an den Kopf:

»Deutsche, deutsche Soldaten«, murmelte er wie irrsinnig. Dann richtete er sich kerzengerade auf, zog einen Revolver aus der Tasche und schoß sich in die Schläfe.

Seebeck wandte sich beim Knalle um; spöttisch lächelnd sah er auf die Leiche.

Frau von Zeuthen war entsetzt aufgesprungen. Dann setzte sie sich wieder auf ihren Stuhl. Seebeck trat auf sie zu:

»Gehen Sie jetzt, Gabriele. Denn dem, was jetzt kommen wird, sind die Nerven keiner Frau gewachsen. Gehen Sie, Sie müssen sich Ihren Kindern erhalten.«

Sie stand auf und schüttelte energisch den Kopf:

»Ich bleibe bei Ihnen, meinetwegen –«

»Nichts geschieht Ihretwegen«, unterbrach sie Seebeck schroff. Dann setzte er aber sanft hinzu: »Denken Sie an Ihre Kinder, Gabriele. Sie haben noch eine Aufgabe auf dieser Welt, wir nicht mehr. Und nehmen Sie Felix mit; wozu soll er sich hier verbluten. Sie können ihm nach zehn Jahren erzählen, was sich hier alles vor seinen Augen abgespielt hat. Dann wird er es verstehen und davon lernen. Und grüßen Sie Ihre kleine Hedwig von mir.«

Da sank Frau von Zeuthen vor ihm nieder und küßte seine Hände. Er hob sie auf und zog sie an seine Brust. Draußen krachten wieder die Granaten, und unten donnerte das Festungsgeschütz, begleitet vom Knattern der beiden Maschinengewehre.

Frau von Zeuthen riß sich los:

»Felix muß bei Ihnen bleiben, Seebeck! Das Opfer muß ich Ihnen bringen. Er ist ein Mann. Er soll Ihr Geschick teilen. Ich gehe zu Hedwig.«

Paul Seebeck trat ans Telephon.

»Felix soll herauf kommen.«

Das schwere Geschütz verstummte und Felix kam herauf.

»Was gibt's?«

»Du mußt deine Mutter zum Vulkane zurückbegleiten.«

»Aber Paul!«

»Du mußt! Hol dein Pferd für deine Mutter.«

»Paul, ich will bei dir bleiben.«

»Felix, es hat keinen Sinn mehr. Denk was für ein Leben du noch haben kannst und denk an deine Mutter.« Er legte den Arm um Felix Schulter und führte ihn Frau von Zeuthen

164

zu:

»Wollen Sie wirklich Ihren Jungen hier lassen?«

Da schlang die Mutter die Arme um ihr Kind, unter strömenden Tränen rief sie:

»Felix, komm mit mir!«

Er entwand sich ihren Armen und sah Paul Seebeck an. Dieser sagte:

»Du sollst mein Erbe sein, Felix; sieh zu, ob du mein Werk fortführen kannst, und das mit mehr Glück. Geh meines Werkes wegen.«

Felix kämpfte mit sich. Dann sah er mit seinen strahlenden, braunen Augen Paul Seebeck an und sagte:

»Aber das verspreche ich dir, Paul, ich werde mich ebenso halten wie du.«

Paul Seebeck strich ihm über das Haar.

»Gut, mein Junge. – Aber geh jetzt und hol dein Pferd.«

Jetzt ging die Sonne unter, und der Kreuzer stellte sein Feuern ein. Wenige Minuten später war es dunkle Nacht, in der hier und da die Flammen von den brennenden Häusern emporloderten.

Da hob sich riesengroß die rotgelbe Scheibe des Vollmondes über den Horizont, beleuchtete den Kreuzer und sein Werk. Schaurig sahen im kalten Lichte die Trümmer aus. Und nun begann der Kreuzer wieder zu feuern; unter donnerndem Krachen stürzte das große Volkshaus zusammen.

»Kommen Sie, Gabriele, jetzt ist keine Zeit mehr zu verlieren.« Er begleitete sie bis zur Hauptstraße und weiter bis zu den rauchenden Trümmern des Volkshauses. Da tauchte ein Schatten hinter ihnen auf, und Felix holte sie auf seinem Pferde ein.

»Ich möchte nur noch schnell von den anderen Abschied nehmen, geh nur voraus, Mutter!« rief er und galoppierte zurück.

»Leben Sie wohl, Gabriele. Mein Versprechen habe ich gehalten, nicht wahr?« Und dann wandte er sich schnell ab und ging hinunter.

Frau von Zeuthen ging langsam den Berg hinauf und weiter auf der Straße hin. Als sie das Staubecken erreichte, schrak sie zusammen, denn vor ihr erhob sich eine dunkle Gestalt. Aber der Mond erleuchtete ein bekanntes Gesicht.

»Fräulein Erhardt?«

»Ja, gnädige Frau!«

»Wollen Sie zur Stadt?«

»Ich kann nicht mehr gehen, ich bin so müde. Wo ist Felix?«

»Er ist in einigen Minuten hier. Ist Ihnen nicht Hedwig begegnet?«

Fräulein Erhardt schüttelte den Kopf:

»Nein, aber ich glaube, ich habe mehrmals auf dem Wege geschlafen. Sie wird an mir vorbeigeritten sein, ohne daß ich sie bemerkte. Aber Felix kommt, mein Felix!«

Frau von Zeuthen hatte sich neben sie gesetzt und strich ihr sanft über den Leib. Da schlang Fräulein Erhardt die Arme um ihren Hals und flüsterte ihr zu:

»Ich habe ja ein Kind von ihm.«

Frau von Zeuthen küßte sie:

»Liebe Tochter«, sagte sie.

Dann schwiegen sie beide, saßen im bleichen Lichte des Vollmondes einsam auf der Ebene und warteten, warteten – –

Als Paul Seebeck von der Hauptstraße wieder auf sein Haus zu einbog, blieb er wie erstarrt stehen, denn aus dem Kellerfenster schoß eine Stichflamme, der ohrenbetäubender Knall folgte. Paul Seebeck griff sich an die Stirn und stürzte dann hin. Dichter, beißender Rauch quoll aus den Fenstern, verhüllte die Läufe der drei Geschütze –

Er sprang die Treppe hinunter, von unten klang ihm leises Wimmern entgegen. Die Lampe war verlöscht, aber das weiche Dämmerlicht der Mondnacht erfüllte den Raum.

Auf dem Boden lag Nechlidow in den letzten Zügen, der ganze Leib war ihm aufgerissen. Über den Verschluß des Geschützes gebeugt lag Felix. Paul Seebeck hob ihn auf. Felix schlug die Augen auf und lächelte:

»Du, Paul, ich wollte Nechlidow doch wieder helfen; er konnte das Geschütz nicht allein bedienen.«

Paul Seebeck betastete ihn. Auf der rechten Brustseite war ein kleiner nasser Fleck. Seebeck riß die Kleider auf; das Blut strömte.

»Muß ich sterben, Paul? Dann grüß die andern.«

»Nein, nein du bleibst leben. Hab keine Angst. Schlaf jetzt nur etwas.«

»Ja«, sagte Felix, »ich bin so müde.«

Und Paul Seebeck bettete den sterbenden Knaben so gut er konnte auf den Boden.

Unter seinem Maschinengeschütz lag Otto Meyer, ein

Granatsplitter hatte ihm den Oberschenkel zerfetzt. Er reichte Seebeck die Hand:

»Du, sag mal, kannst du mir nicht irgend einen passenden Ausspruch empfehlen? Ich kann doch nicht so ganz klanglos sterben. »Ich sterbe für die Freiheit«, oder etwas ähnliches?«

»Du stirbst, weil du ein anständiger Kerl bist.«

»Also gut: ich sterbe, damit die Anständigkeit lebe! Bravo. Schluß. – Es war so schön, mit dir zusammenzuarbeiten, Seebeck. Ich danke dir dafür.«

Dann sank er zurück.

Paul Seebeck trat an Melchior heran, der bewußtlos in einer Blutlache an der Wand lag. Wie er ihn untersuchte, schlug er die Augen auf:

»Herr Seebeck, Sie? Gut, daß Sie kommen. Ich habe es gefunden!«

»Was haben Sie gefunden?«

»Das Problem der Menschheit habe ich gefunden. Hören Sie!« Er versuchte sich aufzurichten, aber sank wieder zusammen.

»Das Problem der Menschheit!« Seebeck lachte auf. »Da draußen haben Sie das Problem der Menschheit!« Und er wies auf das Kriegsschiff hinaus, das jetzt langsam sein Feuern einstellte.

»Seebeck, schämen Sie sich! Wer wird einen Spezialfall verallgemeinern. Hören Sie, ich habe nicht mehr viel Zeit, glaube ich.«

Paul Seebeck verschränkte die Arme und sah dem Sterbenden gerade ins Gesicht.

»Ich höre«, sagte er.

»Sie erinnern sich noch an alle unsere Gespräche? Sie alle haben am Problem mitgearbeitet, Sie alle haben mir Bausteine gegeben. Jetzt habe ich aber die Formel gefunden. Sie erinnern sich, daß alle Fragen immer wieder auf denselben toten Punkt kamen, daß man die Begriffe gleichzeitig als fortgeschrittener, wie auch als rückständig in den Bezug auf den realen Stand der Menschheit ansehen kann. Da kam Herr Otto Meyer mit dem Einfall, daß sie von zwei verschiedenen Gesichtspunkten aus betrachtet sein müßten, um verschieden zu erscheinen. Lebt er noch?«

»Nein, er ist tot.«

»Schade, es hätte ihn sicher interessiert. Sehen Sie, Herr Seebeck, jetzt habe ich die beiden Standpunkte; den niedrigen des einzelnen Menschen und den hohen der gesamten Menschheit. Wenn sich aus uns allen kleinen gleichgiltigen Einzelwesen jetzt das ungeheure Individuum der Menschheit aufbaut – solange ich selbst unter den Arbeitern lebte, habe ich diese Kristallisation gefühlt, aber nicht begriffen, ich fühlte, wie sich die Zellen instinktiv zusammenschlossen, obwohl sich jede einzelne krampfhaft dagegen wehrte – dann müssen ja unsere Gedanken klein sein, die der Menschheit sind aber groß, für uns ebenso unbegreiflich groß, wie die Zelle in unserem Körper nichts von unseren Gedanken versteht, und doch baut sie Körper und Leben auf.

Aber da haben wir als Ausgleich jene Begriffe, halb einzel-menschlich, halb universal-menschlich, dem Menschen zu hoch, der Menschheit zu niedrig. Sie zeigen weder den Standpunkt des Menschen, noch den der Menschheit, sondern gerade die noch ungelöste Spannung zwischen beiden Teilen.

Prüfen Sie es doch nur an irgend einem Beispiele: denken Sie an die Ehe. Dem einzelnen Menschen ein praktisch fast unerreichbares Ideal, für die Menschheit veraltet. Denn vom hohen Standpunkte der Menschheit aus gesehen, gleichen sich die im Einzelfalle eintretenden Hindernisse aus; und für den Gesamtdurchschnitt wird dann die Ehe nicht zu hoch, sondern zu niedrig.

Oder denken Sie an die Orthographie einer Sprache, die zwar scheinbar rückständig ist, in Wirklichkeit aber die großen, ewigen Gesetze und Wandlungen der Sprache, dieses Gutes nicht eines Einzelnen, sondern der Menschheit wiedergibt.«

»Und wie erklären Sie dieses Beispiel hier?« fragte Paul Seebeck und wies auf die Leichen um sie her.

»Ach was hat das zu sagen, daß einige Zellen absterben. Ein kleiner Entzündungsprozeß im Körper der Menschheit, weiter nichts.«

»Ja, ja«, sagte Paul Seebeck.

»Und sehen Sie doch, daß die großen Taten nie vom einzelnen ausgeführt werden, sondern nur von der Masse, vom Individuum Menschheit. Das ist ja auch selbstverständlich, denn der Natur der Dinge nach muß die auf einer millionenmal höheren Stufe stehende Menschheit auch höhere Gedanken haben. Wie selten opfert sich ein einzelner für eine Idee, und wie leicht tun es tausende zusammen, weil nicht mehr der Einzelne denkt, sondern die Masse an sich.«

»Aber hat uns nicht hier die Masse verraten, und bleiben nicht wir einzelne zurück?«

»Kommt das nicht auch in unserem Körper vor, in dem sich die einzelnen Blutkörperchen gegenseitig auffressen, statt zusammen zum höheren Zwecke als dem ihrer Einzelexistenz zu wirken? Krankheitserscheinungen, weiter nichts. Und eben so, wie trotz aller Krankheiten der menschliche Körper sich weiter entwickelt, so wird es auch die Menschheit tun, um später wieder Zelle eines neuen, unermeßlich hohen Individuums zu werden. Bis sich schließlich das Universum in einem unendlich weiteren Sinne, als wir armselige Einzelzellchen es heute begreifen können, zu einem großen Organismus zusammenschließt. Und da wird die Erlösung sein, der Zweck des Daseins. Ich sterbe«, fuhr er mit schwächerer Stimme fort, »aber Sie leben ja noch. Gehen Sie zu den Menschen und sagen Sie ihnen, daß ich ihr Geheimnis gelöst habe.«

Paul Seebeck schüttelte langsam den Kopf:

»Ich gehe nicht mehr zu den Menschen, Melchior.«

Jetzt richtete sich der Sterbende mit seiner letzten Kraft auf:

»Sie müssen, Seebeck, sonst habe ich das alles umsonst gedacht. Das darf doch nicht sein!«

»Nein«, sagte Paul Seebeck hart, »Sie sollen das alles umsonst gedacht haben. Mag Ihr Leben verschwendet sein, wie das von uns allen.«

Da brach Melchior zusammen.

Nun fiel das bleiche Mondlicht durch die Fenster und beleuchtete die vier Leichen und die Geschütze. Sinnend blieb Paul Seebeck stehen. Er schaute auf das Meer hinaus, das so friedlich dalag. Aber dort in der Ferne das Ungeheuer, jetzt nicht mehr feuerspeiend.

Paul Seebeck setzte sich neben Felix' Leiche hin und wartete. Aber ihm war keine Granate bestimmt. Da küßte er des Knaben eiskalte Stirn und ging hinaus. Er ging an den

Trümmern des Volkshauses vorbei, die sich gespenstig in die Höhe reckten, zur Irenenbucht hinunter. Langsam stieg er die Stufen hinab und setzte sich unten auf die Felsplatte. Er sah die breiten Rücken der Riesenschildkröten feucht im Mondlichte glänzen, sah sie die Köpfe erheben –

Da ließ er sich langsam ins Wasser gleiten. Die Tiere tauchten erschreckt unter. Er wollte schwimmen, weiter hinaus ins Meer wollte er, aber er verfing sich in den langen Schlingpflanzen. Er kämpfte, um sich zu befreien, aber sie ließen ihn nicht los. Da gab er nach und ließ sich vom Wasser tragen. Es umfing ihn so lau und weich. Aber wie er sich nicht mehr bewegte, beruhigten sich die Tiere wieder. Er sah ihre glänzenden Rücken herankommen, dicht vor ihm tauchte ein riesiger, schwarzer Kopf aus dem Wasser auf, schob sich langsam näher, ein breites, zahnloses Maul öffnete sich – –

IM GLEICHEN VERLAGE ERSCHIEN:

HANS FRANCK
THIES UND PETER
DER ROMAN EINER FREUNDSCHAFT

PREIS BROSCH. M. 3.50, GEBUNDEN IN LEINEN M. 4.50

Neue Freie Presse: In der Freundschaft sind Fehler Verbrechen! Davon handelt der Roman. Es ist die Tragödie restlos angestrebter Freundesvereinigung, jener Freundschaft, die in der völligen Umklammerung und Einschließung des geliebten Wesens dessen Menschenrecht mit Füßen tritt, die sich selbst mordet. »Thieß und Peter« ist ein Bekenntnisbuch, warm und sprudelnd vom Herzen gespeist. So ist Hans Francks schöpferischer Erstling eine starke Hoffnung, die am schönsten eingelöst scheint auf gleichem Weg. Hebbels unerbittlicher Geist und Otto Ludwigs eherne Erzählerkunst scheinen hier in einem bewegten Kopfe unserer Zeit wiedergeboren zu sein, der reiche bleibende Früchte verspricht. Die Sprache ist von elastischer Härte und bringt großartige Bilder von starker Energie.

Saale-Zeitung: Oft, hundertmal, ist die Liebe zweier Männer besungen, zerstört, angegriffen worden, niemals in der intensiven Art wie hier. Hans Franck ist es gelungen, sein Thema restlos zu durchleben, zu erfassen, in sich aufzunehmen, es in die Form der Kunst zu gießen und geläutert herauszuschälen. Das Thema selbst hat Franck restlos erschöpft, ohne auch nur die geringsten Seitensprünge zu machen. Hatte sein Name auch zuvor schon einen guten Klang, so ist Franck mit diesem Roman in die Reihe unserer ersten deutschen Dichter gerückt. Der Roman wird in der Geschichte des deutschen Romans noch eine Rolle spielen.

IM GLEICHEN VERLAG ERSCHIEN
FERNER:

GRETE MEISEL-HESS
DIE INTELLEKTUELLEN
ROMAN

PREIS BROSCHIERT M. 5–, ELEGANT IN LEINW. M. 6–

Anna Croissant-Rüst: Die Disziplin in ihrem Roman und
der Aufbau sind bewundernswert. Die Helden des Romans,
Olga, Stanislaus sind in allen Konturen und Linien
ungeheuer scharf gezeichnet und wohl geraten. Dr.
Emmerich, auch Koszinsky sind sehr gute Typen, überhaupt
ist ein Reichtum von Personen und Ideen in dem Roman,
daß sich manche von den herkömmlichen
Romanmodeschneiderinnen 10 Romane daraus
zurechtschneidern könnten. Das quillt alles nur so über und
ist doch in straffen Banden gehalten.

Neue Freie Presse. Manfred Wallentin ist in ihr der
vorgeahnte Typus des Menschen der Zukunft und der
Schönheit, der Typus des moralischen Übermenschen, im
Sinne einer Herrennatur, die Beladene und Bedrückte
führend durch das Leben geleitet. Die anderen Figuren des
Romanes, strebende, wankende, strauchelnde und wieder
sich erhebende Männer und Frauen, verkörpern den Geist
dieser Gruppe der Intellektuellen in mannigfacher Gestalt.
Zu klarem Relief sind die verschiedenen Charaktere
gearbeitet, ein jeder stellt ein Beispiel – das Typische seiner
Art. Nirgends groteske Verzerrung oder leichtfertiges
Fertigwerden mit komplizierten Gedanken. Philosophische,
theosophische, soziale Erörterungen kommen in streng
geführten Dialogen zur Diskussion, wandeln sich hier in
poetisch wohltuend gemäßigter Form zu pulsendem Leben.

Neues Wiener Tageblatt. Frau Meisel-Heß hat sich
schon durch ein Werk über »Die sexuelle Krise« in die
Scharen der sozialreformatorischen Streiter gestellt,
während sie in ihrer »Stimme«, das ihr feinstes Buch bleibt,

176

eine individualistisch vertiefte Studie gibt – jeder nachdenkliche moderne Mensch wird den Roman mit großem Interesse lesen.

A. E. FISCHER, Buch- und Kunstdruckerei, GERA-R.